神話植于山海　草木字字春秋

民俗学入门

［日］菊地晓　著
王靖宇　译
张多　周靖凯　校译

學苑出版社

图书在版编目（CIP）数据

民俗学入门 /（日）菊地晓著 ； 王靖宇译. -- 北京 ：学苑出版社， 2025. 6. -- ISBN 978-7-5077-7215-9

Ⅰ. K890-49

中国国家版本馆 CIP 数据核字第 2025UM2310 号

责任编辑：陈　佳
助理编辑：余兴亚
出版发行：学苑出版社
社　　址：北京市丰台区南方庄 2 号院 1 号楼
邮政编码：100079
网　　址：www.book001.com
电子邮箱：xueyuanpress@163.com
联系电话：010-67601101（营销部）、010-67603091（总编室）
印 刷 厂：鸿博昊天科技有限公司
开本尺寸：880 mm × 1230 mm　1/32
印　　张：9
字　　数：156 千字
版　　次：2025 年 6 月第 1 版
印　　次：2025 年 6 月第 1 次印刷
定　　价：68.00 元

目 录

前言　解开“悲苦”和“无奈”

我认为，民俗学是一门贴近人们的“悲苦”和“无奈”的学问。这样的说法是不是太文学了？“悲苦”是在感叹和赞扬人们在各自生活的时代、地区和境况之下，能一个劲地坚忍、钻研，拼命地过好“日常生活”。与此相对的是，这些民众往往是遭受无情的歧视、压迫和暴力的受害者，又会摇身一变，成为加害者或毫无责任的旁观者。同时，人们并未从错误中吸取教训，或者即使吸取了教训，也会很快就忘记，并重蹈覆辙。这些人所背负的“无奈”，也是我们这个令人不胜唏嘘的世界的其中一面。“悲苦”和“无奈”交织缠绕于世间，而面对这些棘手的状况，解开其中的因果关系，不断挑战并克服“无奈”，培养健全的认识和实践能力，乃是民俗学这门学科的初衷。

我们的日常生活是由各种活动恣意交织在一起的庞大积累。我们离不开吃、穿、住，而为了实现这样的消费生活，必须要有各种生产和流通活动，用我们的劳动成果换取生活必需品。小到家庭，大到全球社会，都不可避免地存在着各种规模和结构的人际关系。近代以来，由于名为“资本主义”的剧烈且全球性的社会变革，人们的生活发生了决定性的转变，而且这个过程仍在继续。我们每天都过着这样的生活：时而感到一丝平静，同时又要面对从食物到工作，再到人际关系，有关方方面面的，或模糊或清晰的担忧和不满。

这一切是如何发展至今的呢？用什么药方才能有效消除担忧和不满呢？为了解决这个超级难题，民俗学所发现的线索，就是“民俗资料”这一新材料。这又是什么呢？先说结论，那就是“我（我们）”。“我们”在此时此地这样生活着。无论这事实本身多么微不足道，都无疑是人类“历史”的一部分。既然如此，从理论上来说，找出本应铭刻在“我们”身上的“历史”，厘清它的起源和性质，应该也不是不可能的。笔者认为，这种“我（们）是资料”的哥白尼式转向，正是民俗学这门学问最伟大的方法论贡献。

这必然需要一种身体层面的方法论，通过调动人的所有五种感官来研究对象。这就是“三分法”。其一，“有形文化”，它肉眼可见，所以任何人都可以观察到；其二，“语言艺术”，它依靠语言表达，需要学习语言才能听懂；其三，“心理现象”，它看不见、听不见，因此当事人只能深入自己的内心。按民俗材料的存在形态、识别材料所调动的感官和媒介，以及材料收集者的主体属性进行整理的这套模型，是为开拓“民俗资料”的边界而开发，虽然只有“等身大小”，却是一套用来与“世界”展开全面较量的调动全身能力的思维工具。

以限定研究对象实现分科精细化的学科划分规范来看，试图整体把握普通人日常生活这一大胆的问题意识，可能近乎于有勇无谋。然而，如果要打捞从现有学科划分的间隙中洒落的“生活”原型，就必须敢于行无谋之勇，继续执着于极其复杂的现实世界所具有的粗糙质感。它可能是质疑学科划分的“反分科的学科”，也可能是最终催生出新学科的“原型学科”。正是在这样的崭新视野中，民俗学才具有可能。

本书基于笔者有限的知识和经验，希望能够尽可能简洁地叙述民俗学其目的的本质。对此，提出以下一些方针：

① 确认基本概念

② 学习民俗学的经典资料

③ 往返于特殊性与普遍性之间

④ 着眼于人类历史 / 自然历史

⑤ 按照前现代 / 现代 / 现在的顺序

本书将涵盖上述这些内容。另外，考虑到一本“新书”[1]的容量，要想囊括全部这些内容，可能太过自大了。笔者学识浅薄，挑战这样的课题本身就是有勇无谋。老实说，笔者本想在进行更彻底的研究之后，再开始写书的。话虽如此，但很容易就能想象到，那样的话永远也写不出来。所以，笔者别无选择，只能下定决心。如果说民俗学是对“等身大小”的认知能力的挑战，那么，在庞大的世界面前，因自己的渺小而不知所措，也是不可避免的一环。

1 新书：日本的一种出版物类型。其特点是以介绍新知、提升素养为目的，语言通俗、篇幅精简、深浅得当。——校者注

序章　民俗学这门学问想要传达什么

野心勃勃，抑或有勇无谋的学问

下面简单介绍一下本书将要讨论的内容。目的地未知的神秘之旅也很不错，但这并不适合一本自称为入门或概论的书。本书旨在概述民俗学，但如果你想粗略了解民俗学所研究的“民俗”到底是什么，最好参考日本的《文化财保护法施行细则》，其中提及的“应采取记录等措施的非物质民俗资料的选择标准”可能会有所帮助。其中的民俗内容列举如下：

①有关衣、食、住

②有关生产、生活

③有关交通、运输、通信

④有关交易

⑤有关社会生活

⑥有关口头传承

⑦有关信仰

⑧有关民俗知识

⑨有关民间表演艺术、娱乐、游戏、爱好

⑩有关人的一生

⑪有关每年惯例的活动或仪式

其中的特殊术语可能难以正确理解，但能够看出以上这些内容，涵盖了与人的一生有关的一切吧？正是如此。所谓民俗学，就是一种试图思考整个人一生的学问。往好了说，是雄心勃勃，往坏了说，是无谋鲁莽。

顺便一提，本书主要涉及上述①至⑤的内容。一方面，考虑到“新书”这一媒介的容量，另一方面，更多是考虑到“一学期”的授课时间。但事实上，当我们讨论①至⑤的内容时，自然会对⑥到⑪的内容有所提及。若您通读本书，相信您能够感受到这一点。同样，如果讨论⑥至⑪的内容，也自然会提及①至⑤的内容，而这些内容也都是笔者想再做论述的。另外，⑥至⑪中才会涉及妖怪和祭典等话题，所以本书可能没法满足期待这些内容的读者，还请谅解。

前面提到，本书脱胎于笔者的民俗学讲义，故在此对本书的结构进行说明。每一章都由正篇（大体按照以下顺序：

基础理论—前现代—现代—现在)、调查问卷摘要、拓展阅读三个部分组成。笔者对每个主题进行概述后，会开展与该主题相关的问卷调查，并以“调查问卷摘要”的形式呈现调查中颇有意思的回答。此外，还为那些想要进一步了解的人提供了拓展阅读。从某种意义上来说，正篇只是“铺垫”，“调查问卷摘要”或许才是学习的本质。笔者认为，这是最能激发读者思考的部分。之所以这么说，是因为这也是最能激发笔者思考的地方。

如果只是老师讲、学生听的单向授课，那么“民俗学讲义”是不成立的。事实上，它是基于民俗学这一方法/运动的本质的一种机制。笔者希望能够在本书中一一说明。

食材、菜刀和磨刀石

民俗学是一门富有野心且生猛的学问，旨在从整体上理解人类，但其方法论核心是将过着“日常生活”的“普通人”设定为“资料”，也就是说，民俗学将我们自己视作名为“民俗资料”的“资料”。换句话说，我们都是“资料的持有者”，而作为“资料持有者”的我们也会成为“研究的分担者”，民俗学便以此来探索由我们衍生开来的社会和历史。之所以这么说，是因为社会和历史的实质是“普通人”

无穷无尽的“日常生活”，忽视这一实质就不可能理解社会和历史。因此，千万不要低估“人”和“日常”，也最好不要相信那些轻视它们的人。在民俗学的语境中，包含着“我（们）即资料”的意味。

在此，笔者想先明确一点，学问中的“概念”“方法”“理论”都是“工具”。对于学问来说，方法论的重要性毋庸置疑，但随意滥用方法论并不能称作学问。确定方法论的适用范围十分关键。

那么，何为方法论？顾名思义，就是“论述方法”。这种说法可能会令人扫兴，但事实就是如此。更重要的是“何为方法”，也就是如何处理素材即研究对象，那么“方法论”就是对“如何处理研究对象”即“方法”进行论述。

区分“方法”和“方法论”很重要，但做不到这一点的论述者却意外地多。

如果把它们比作烹饪，那就是食材、用于烹饪的菜刀，以及磨利菜刀的磨刀石那样的关系。换言之，磨刀石（方法论）之所以重要，是因为要用它来磨利菜刀（方法），之所以需要磨利菜刀（方法），是因为要使用菜刀（方法）来烹饪食材（素材即研究对象）。重要的不仅是方法论，而是要正确往返于对象、方法、方法论这三者的关系之间。没有食材，却要挥舞菜刀是很危险的，更何况没有食材或菜刀，只是空有磨刀石，显然也没有任何意义。方法和方法论始终都是处理对象的“工具”，需要在与对象的兼容性方面下足功夫，发挥创造力和独创性。“民俗资料”这一研究对象的设定，以及“三分法”这套基于属性的资料分类法，是构成民俗学认识论基础的重要概念，但对它们的说明将放到最后一章。因为没有在吃饭之前就知道食谱的道理，饭后再揭晓也为时不晚。有兴趣的读者可以先从那部分开始阅读。

“不彻底聪明的生物”

民俗学一直在关注生活在东西南北、各种土地上的“普通人”的“日常生活”。这一庞大的积累中，既包括寻常的，也包括独特的，但两者作为生活事实具有同等的存在价值。如果好好观察它们，你很容易就会认同这些事实：“日本”（也）是“广阔的”！“日本”绝不是单一的！（虽然不知道以本书的篇幅能介绍到什么程度。）如今，日本列岛上有着多样化的生活方式，这都源自人们和土地的复杂历史。同样，如果我们仔细观察世界各地，例如经常与“日本”进行比较的“亚洲”和“西欧”，我们可以看到，多样化的生活方式仍然存在，而诸如“日本是这样”“亚洲是那样”的说法，只是便于论述者思考的简化概念罢了（当然，人的能力有限，简化是不可避免的），我们应该明确认识到，那些简化概念并非瞬息万变的复杂现实本身。

既然提到了能力有限的问题，那就谈谈本书所基于的人类观，即“不彻底聪明的生物”。无论是被称为智人，还是万物之灵，人类都毫无疑问是属于自然的生命之一，自然法则贯穿人类的存在。人类是离不开呼吸、进食和排泄的存在。

另一方面，人类虽然不像神那样全知全能，但也并非无知无能，而是能够以一定的认知能力和实践能力面对世界。人类“聪明得不够彻底”。尤其是能够以“语言”能力为媒介认识世界、积累经验、与他人交涉，是人类存在的独征。这一特征给人类世界带来了法律和秩序，使艺术、宗教和思想成为可能，毫不夸张地说，人类文化史是与“语言”同在的。但其中也有陷阱。“语言”本质上是游戏规则般的虚拟存在，而基于这些“语言”产生的人类规则，并没有类似自然法则的客观基础。这就是个大问题。

人类世界的规则是自由发展的，因为它们不受“自然”的约束，它们不仅给人们带来了进步，有时也异化了人们的生存。简单来说，首要的就是“资本主义”（capitalism），它给人类带来了许多便利，但同时也造成了无数的“人生困苦”。人类是不彻底聪明的生物，能够适应一定的变化，但也处于“生物”这一“自然”限制的范围内。与此相对，“资本”是一种不受“自然”约束的机制，所以它会脱离人类的控制，无限地失控。而无法忘记“资本”果实甘甜的人，就会牺牲作为“生物”的自己，向“资本”迈进。人类作为“不彻底聪明的生物”，只能继续迷失在“生物时间”和“资本时间”二者的分裂中。这就是围绕着我们当今（时代）的根本问题。

迷茫的我（们）的学问

我们在“生物时间”和“资本时间”之间左右为难。虽然这是个越想越晕的难题，但即便如此，饿了还得吃饭；为了遮风挡雨，还得找个地方住；为了维持生计，还必须赚足够的钱。日子会永远继续下去。那么，有没有办法让人们既不放弃琐事缠身的日常生活，又能把握由此展开的世界呢？日本民俗学的奠基人柳田国男（1875—1962）正是这么想的。

图 0-1　柳田国男

20 世纪 30 年代中期，日本民俗学初具规模，柳田及其友人在大阪怀德堂举办了为期

25周的“日本民俗学二十五次连续讲习会”。1936年9月19日，柳田在第一场讲习会上，谈到他对这一系列现场讲习会的热情。他演讲的题目是《为了政治教育》。

> 此次讲习会在日本尚属首次。我相信，这次活动今后很可能会成为大阪历史上值得纪念的事件之一。会场里，有人好心提出要为我们介绍其他合适的地方，但我们还是觉得一定要在怀德堂办，于是硬是请求，借来了这里。怀德堂的由来，大家都比我更了解。它是这座大都市里平民学问的发源地。创立者的意图并非召集日本国内屈指可数的良家出身的孩子，将他们培养成未来的学者，而是让广大的普通市民有识时务之明，而不是仅仅只会识字和读书，并尽可能多地培养明事理的人。[1]

靠江户中期儒学家中井竹山等人维持的怀德堂，是日本平民学问的发祥地，即“让普通市民有识时务之明”的地方，所以特意选择这里作为讲习会现场。柳田如此说道。他高声宣言以自己为首的“日本民俗学界”是“平民的学问”的继承人。他还表示，“现代政体”一直在寻求“平民的学问”。

---

1 ［日］柳田国男《柳田国男全集》第29卷，筑摩书房，2001年，第494页。(柳田國男『柳田國男全集』第二九卷、筑摩書房、二〇〇一、四九四頁。)本书中未做交代者皆为作者原注，以下不再说明。

日本民俗學卄五回連續講習會

趣旨

現代の生活を樹てるに至つた、過去の平凡な生活を探究するといふ事が、殆んど忘れ勝ちであり、名もない常民の生活は、一般に省る要がないとせられた日が長かつたが、遂に今日の國民生活の中に、ひそむ深い民族心理への反省を、國民的熱情にまで高めるに至つた。新しい國學は鄉黨の古い生活を研究對象とし、祖先より承け繼いで今日にもち傳へた、各鄉土人の生活樣式乃至意識感覺を通して、國民の過去を知らうとする。今日我々は我が國柄を新しく正視せねばならぬ、所謂非常時に直面してゐる。將來と過去を正しる知る事によつて、誤なからしむる爲に、我々は尚多くの祖先に尋ねなければならぬ。村や一家の生活は、その傳承者が相次いで逝くなり、昔の面影が刻々と變化してゐる。この學問に重要なる民俗採集からみても非常時であるこの秋に、財團法人原田積善會の援助を得て、大阪府と大阪朝日新聞の後援の下に、町民教育の永い道場である懷德堂で、日本民俗學の連續講習會を開催する。乞ふ、多數の同志の來りたすけられん事を。

清規

會期　昭和十一年九月十九日より昭和十二年三月二十日まで、毎週土曜日午後三時開講五時半迄、二十回連續講義を行ふ。

會場　大阪市東區內本町　懷德堂書院

會費　全期を通じて二圓。（振替又は小爲替に依るべし）

講義題目　（多少變更あるべし）日本民俗學總論　國史と民俗學　地理と民俗學　方言と民俗學　外國の民俗學　東北に於ける民俗研究　南島に於ける民俗研究　民俗學審史　年中行事　神事舞踊　宮座　民間信仰　衣食住　親方子方　協同勞働　村の組織　年齡階級　冠婚葬制　昔噺　音謡藝術　傳說　山及び海の民俗　民家用具　女性と勞働。

講師　磯貝勇　岩倉市郎　橋浦泰雄　西田直二郎　大間知篤三　折口信夫　太田陸郎　岡正雄　柳田國男　藪重孝　山口貞夫　後藤捷一　小牧實繁　河本正義　江崎政忠　櫻田勝德　澤田四郎作　宮本常一　水木直箭　三品彰英　澁澤敬三　柴田實　新村出　肥後和男　最上孝敬　瀨川清子　關敬吾　杉浦健一

申込　大阪市西成區玉出本通一丁目　澤田四郎作宛（振替大阪一〇四六一五）

主催・近畿民俗學會

後援・大阪府・大阪朝日新聞社

图 0-2 “日本民俗学二十五次连续讲习会”公告

过去，历史被认为是明君贤臣的学问。所谓的草莽之士，即无权无势之人若碰巧掌握了这种知识，往往要愤愤不平，谠论侃侃。然而，如今的时代已然不同往昔。朝廷将历史定为每人必学的通识课，这一想法为现代政体打下了基础。一个个的政策既是技术，也是每个人的思考，所以相互之间会产生竞争，也就不足为奇了。政治就是要对这些政策进行判别和取舍，而我们也被赋予了这种权能。除非我们尽早通过接受教育，来学

图 0-3　怀德堂（大阪市中央区本町桥）

习使我们能够做出正确判断的方法，否则即使我们不是坏人，也将屡屡失败。选举竟然需要整治，说来真是一国学术界的耻辱。正如地理使我们了解我们现在所处的位置一样，历史也使我们清楚地了解我们今天所处的时代。[1]

在大正民主中实现了普选的"现代政体"中，每个人（尽管当时只包括男性）都变得与政治抉择息息相关，但这

1 ［日］柳田国男《柳田国男全集》第 29 卷，筑摩书房，2001 年，第 494 页。（柳田國男『柳田國男全集』第二九巻、筑摩書房、二〇〇一、四九四頁。）

种选择的依据是什么？为了制定出正确的政策，必须认识到“我们今天处于什么样的时代”，即了解当今世界，而带来这一认识的正是“历史”。换句话说，揭示迄今为止“普通民众”的“日常生活”的来历的“学问”成为“每人必学的通识课”，以便“普通民众”能够通过普选参与政治。这就是“为了政治教育”这一题目的含义。研习民俗学不仅仅是喜爱过去美好的好事者之所为，而且是我们作为市民必不可少的基础教育，以日常生活事实为线索，阐明“现在”，并以此展望“未来”。

笔者认为，后来的民俗学还远远没能贯彻这个初衷。然而，民俗学的立场是基于周身的现实生活，重新审视人的过去和未来。对于我们这些充满烦恼，活在现代的人来说，它可能仍然是一种重要的“迷失方式”[1]。从这个意义上说，民俗学实际上与历史学、社会学、经济学、法学等其他学科有所不同，它并不是以“学科”（discipline），即单一专业领域的形式存在。倒不如说，意在囊括人们生活方方面面的民俗学，其真正的愿望就在于以“作为资料的我（们）”为起点，想要向专业分科化的学问不断地发出疑问。民俗学虽然是一门学问，但可能不是一种学科领域。也许那样也无妨。

1　原文为“迷い方”，比喻一种迷失其中、随遇而安的旅游乃至生活方式。——校者注

民俗学是活在当下的我们的一种迷失方式！而且是一种近在身边、五花八门、乐观向上的迷失方式。本书想要介绍的民俗学，就是这样一门不可思议的学问。

专栏1 “日本式”与“传统式”

术语是开启新视角和新思维的钥匙，是前人花费大量时间和精力创造出来的宝贵遗产。这使得后来之人能够以前人的观察和思考为踏板，更进一步。这对于学问来说是非常重要的。

话虽如此，但如果从一开始就必须把这些钥匙都准备好，就多少有些麻烦了。当感到必须升入下一个房间、下一个问题的瞬间，再准备钥匙也无妨。所以，以民俗学的“第一套工具”为主旨，摆放好去往“第一个房间”的“第一把钥匙”这件事将贯穿本书始终。要获取“下一个房间”的“下一把钥匙”，还有别的机会吧。

另外，麻烦的是，有些乍一看是日常用语，但同时也是有技术性含义的术语。事实上，在对日常生活进行陈述分析的民俗学中，常常出现这种混乱。例如，作为日本社会基本组成部分的“家”和“村”，用片假名写成“ie”和“mura”，以表明它们与日常词汇有所不同。即便如此，“作为生活经验的ie、mura”和“作为分析视角的ie、mura”很容易混淆，本书中的表述可能也会导致混乱。

总之，先对这两个需要留意的术语进行最低限度的补充说明。

“日本式”是指在某个时间点，在日本社会中的主流，与其是否具有积极意义无关。笔者无意否认各种例外的存在，也无意将它们视为超历史的存在。

“传统式”是指在前现代时期形成的形式。一般认为，“传统”具有积极的价值，“传统”一词的含义似乎是“说话者以肯定的态度从过去之中选出的东西”。但本书希望保持价值中立。并不是说传统的就是好的。然而，有必要确认这种形式形成的历史意义。

之所以特意确认这两点，是因为民俗学很容易被视为研究“日本传统”的学问。事实上，民俗学中当然也有这类知识积累，但笔者认为，这其实只是次要的结果，而不是民俗学这门学问的主要目的。接下来，笔者会慢慢进行说明。

除此之外，想起来的也净是些令人头疼的术语。追根究底，它们可能源于语言学家弗迪南·德·索绪尔（Ferdinand de Saussure，1857—1913）所说的语言的本性，即“任意性”。这也是一个应该认真思考的问题，不过还是另寻机会再议，先往下说吧。

第一章

解析生活

第一节　穿［服装］

服装的普遍性及其起源（基础理论）

人们习惯将日常生活的必需品称为“衣食住”，但笔者有时认为，这个词具有误导性。三者的顺序是不是错了？以生存条件的优先级而言，“吃、住、穿”才是正确的吧。人类只要有了食物和住所，即便没有衣服穿，也能活下去。至少从生物角度上来说是这样。事实上，除了人类以外的所有动物都可以不穿衣服生活。冷静想来，衣服根本就不是必需品。

然而，反过来说，衣服是“衣食住”中的第一项，就有着重要的含义。以“人类的”生活方式来说，衣服必不可少。在这方面，由本多胜一著、藤木高岭摄影的《新几内亚高地人》（朝日新闻，1964）[1]一书颇具启发意义。

---

1 『ニューギニア高地人』朝日新聞社、一九六四。

本多胜一曾任《朝日新闻》记者，他与京都大学新几内亚学术考察队同行，并详细报道了保有浓重“原始”色彩的新几内亚人，其中，他围绕“衣服”讲述了一个有趣的故事。

去年（1963年）10月，一名20岁的德国人和一名24岁的奥地利人来到伊里安查亚[1]（Irian Jaya，印度尼西亚的一个省）中部高地的东部门户瓦梅纳镇。德国人主修哲学，奥地利人主修美学。这两个年轻人为了研究巴布亚“哲学”，在距瓦梅纳镇约3小时车程的达尼部落里住了一个星期。他们认为，为了理解哲学，就必须像当地人一样赤身裸体地生活。于是，二人一丝不挂，光着身子在部落里游荡。部落里的男人大吃一惊，女人则逃回了家里。这个部落的酋长是一个坐拥48个妻子的“大富翁”。他斥责两个年轻人的离奇行为，并给了他们

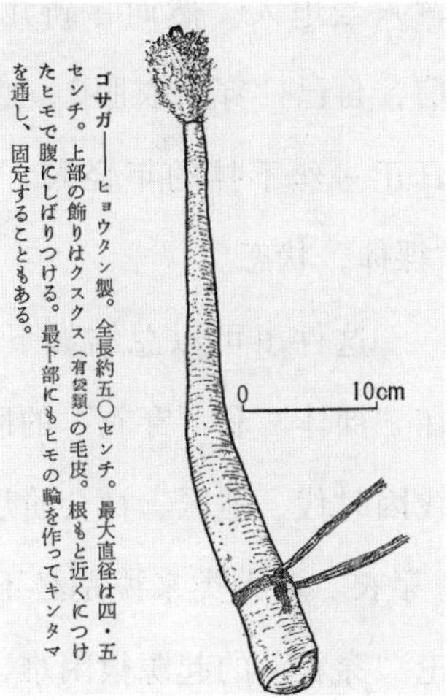

图1-1　Koteca

1　2002年起改名为巴布亚省（PaPua）。——校者注

Koteca[1]（摩尼语[2]），说“至少穿上这个”。但二人并未接受，而是继续过着赤身裸体的生活，以进行他们的哲学研究。驻瓦梅纳镇的印度尼西亚警察逮捕了这两名男子，并将他们强制遣返。——这是从瓦梅纳警察那里听来的真事。（第 29—30 页）

可以说，这个故事指出了“裸体”和“衣服”的根源。从常识出发，似乎可以将只用管子遮住胯部的男性和只穿短蓑衣遮住下半身的女性称为“裸族”。事实上，两个来自西欧的年轻人就是这么想的，他们自己也“赤身裸体”，试图融入当地人。然而，新几内亚人却不是这么想的。他们深信，自己“穿了衣服”，遮挡了本该遮挡的部分，而这两个真正一丝不挂的年轻人，才处于让他们感到困惑和惊慌的“裸体”状态。

这件事可以总结如下。也就是说，人类社会中普遍存在“裸体”和“穿衣”的区别，但“穿衣”和“裸体”的界线因时代、地区、社会阶层的不同而不同。问题是，为什么“穿衣”对人类来说是必不可少的？由于缺乏文献资料，讨论“穿衣”的起源很困难，所以我们不得不依靠对神话传说的思辨性研究。如果非要提出一个假设的话，那就是：衣服

1　Koteca是一种用瓠瓜壳做成、只能遮住阳具的圆柱形外壳。——译者注

2　摩尼语（moni）：一种巴布亚人使用的语言。——校者注

的实际用途——防暑、保暖、吸汗、保持衣服内部干净等功能——并非穿衣的“普遍起源”。诚然，衣服的确有上述这些用途，但如果是这样的话，我们就不需要它了——尤其是在不热也不冷的时候——因此，人们也有很大的可能不需要穿衣服。然而，衣服对于人类的生活不可或缺，这意味着我们必须要设想与这些特定环境下的实用功能相区分的“普遍”情境。

值得关注的是人类的特殊情况，即人是没有了发情期的动物。[1]“没有发情期”意味着“随时都能/都可以发情”，但实际并非如此。引入与生物的发情期所不同的文化指标，这一指标即是“衣服”。回想起来，《旧约圣经》中的亚当和夏娃之所以会穿上无花果叶这一原初的衣服，既不是因为觉得炎热，也不是因为感到寒冷，而是因为他们感到羞耻。这或许才是人类生活中“衣服”不可或缺的“普遍”根源。当然，正如后来衣服的历史所表明的那样，衣服一旦被创造出来，就会根据各地的风土和社会环境，获得各种实际用途。

无论如何，人类与性有关的行为与其他有性生殖动物的行为相去甚远，这是理解人类社会时应该注意的一个问题。将性冲动称为“动物性”只是一种委婉的措辞，实际

1 ［日］田中雅一：《治愈与下流——爱欲的文化人类学》，筑摩书房，2010年。（田中雅一『癒しとイヤラシ---エロスの文化人類学』筑摩書房、二〇一〇。）

上，这涉及动物所不使用的独特文化标识——符号与象征。将性行为也“符号化”，是人类这种生物一个神秘而独特的特征。

作为“劳动密集型产品”的衣服（前现代）

让我们想想前现代的衣服。前现代，即工业革命之前，衣服的特点简而言之就是“劳动密集型产品”。衣服的主要原料多为天然材料，无论是兽皮、鱼皮、树皮等成张的皮，还是动植物的纤维，从获取它们到将其加工成服装的过程中，需要大量的工序和劳力。例如，棉料要从棉花来，丝绸要靠蚕成茧，从培育、采集开始，再到捻线、织布、缝制衣服，每一步都要经历无数道工序。如果还要染色或装饰，那么工作的烦琐程度会再加倍吧。那其中，有许多步骤都需要细腻的技巧和高度的专注。前现代的衣服费时费力，是无数工夫的结晶，所谓的衣服就是“劳动的集合”。

由于这种“劳动密集型”的性质，衣服自古以来就备受重视。在日本律令时代[1]，布料是作为一种税金（“租庸调”[2]

1 公元7世纪后期到10世纪。——译者注

2 日本大化改新时效仿了我国唐朝的“租庸调”制度。——译者注

中的“庸”）来缴纳的，与此类似，将衣服用于支付、当作赠礼的例子也不胜枚举。正因为如此珍贵，人们穿用衣服时才特别小心。

人们会仔细修补破损的服装，或将其当作旧布料再次使用。青森县的民俗学家田中忠三郎（1933—2013）花费一生所收集的被称作“Boro”[1]的田间农服，是巧妙的拼布作品，多由破破烂烂的蓝染麻布边角料一片不落地缝合而成。农民修补并穿着这样的衣服，令人深刻地感受到他们的辛劳与智慧。笔者推测，直到在漫画之类的作品中将修补破袜子的场景当作贫困的象征来描写的20世纪70年代，这种珍惜衣服的意识或许都持续存在着。

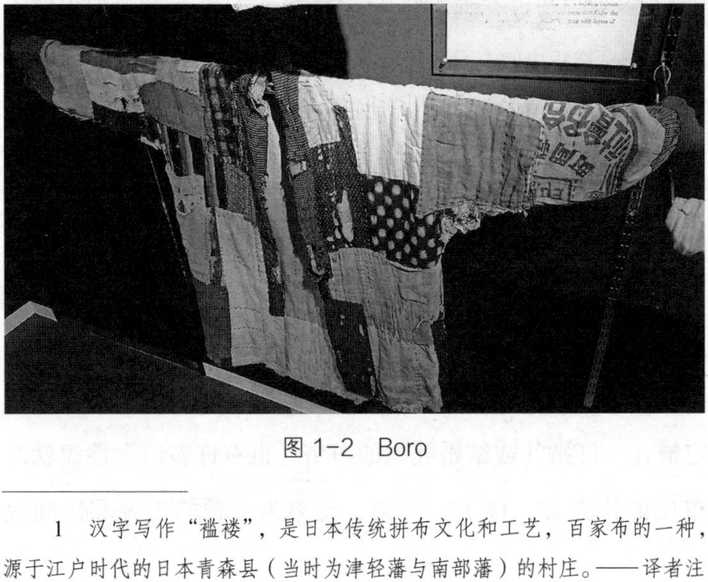

图1-2　Boro

1　汉字写作“褴褛”，是日本传统拼布文化和工艺，百家布的一种，源于江户时代的日本青森县（当时为津轻藩与南部藩）的村庄。——译者注

图 1-3　纺织中的中国云南怒族女性

这些暂且按下不表，负责制衣的人也至关重要。自古以来，大部分与衣服有关的工作，如纺线、织布、缝制衣服等，都是由女性来完成的。这一倾向在东西方都得到了证实。虽然王宫中或仪式上使用的特殊服装很多出自技艺娴熟的男性工匠之手，但毫不夸张地说，平民的衣服几乎一贯都是由女性制作的。笔者并非赞同女性劳动的本质化或固定化，但笔者认为，我们应当将这一人类史倾向作为事实多加留意。

之所以这么说，是因为人们普遍相信，女性织就的线、布和衣服拥有源自女性的魔力。各地都有将女性织的布作为定情礼、订婚礼或结婚礼物的习俗，也有许多以女性织就的布保佑其丈夫、孩子、父亲、兄弟为主题的传说和民间故事。[1]甚至在那些将亲手编织的围巾和毛衣送给意中人的女性身上，这种心意可能在本质上也是共通的吧。“千人针”也是这类习俗之一。民间有种迷信，认为由1000名女性一人一针缝制而成的手巾可以保护战场上的男人免受敌人的攻击。战争期间，许多女性在街头和学校为出征的士兵缝制了红线。据说，与虎有关，效果会更好。于是，属虎的女性所缝入的一针颇受欢迎，手巾上也会绣上老虎图案。服装设计师森南海子以千人针的遗物为线索，探访了缝制者和物主的坎坷人生，她说：

> 千人针的确是出自女性之手。那是一个由布、针和线编织而成的世界。可以肯定的是，千人针是女人送给男人的一份饱含心意的礼物。然而，我现在了解到，尽管千人针是由女人创造的，但它却在不知不觉间，于男人的心中点燃了女人无法想象的明灯。或许可以说，这就是女人送的礼物的厉害之处吧。又或许，是男人们在生死攸关之时幻想出的生的希望。[2]

---

1 ［日］柳田国男：《女性的力量》，创元社，1940年。（柳田國男『妹の力』創元社、一九四〇。

2 ［日］森南海子：《千人针会诉说》，海龙社，2005年，第19页。（森南海子『千人針は語る』海竜社、二〇〇五、一九頁。）

极限状态造就了“千人针”。当我们再看的时候，我们会发现，这块布里织进了层层情感、遗憾、悔恨，代表了战争的虚无，是布作为“劳动密集型产品”的终极形态。

关于塑身内衣的种种（现代·现在）

正是现代工业将衣服从“劳动密集型”中解放出来。工业革命后，纱线和布料成为工厂大量生产的廉价材料，极大地改变了普通百姓的穿衣状况。虽然有些唐突，但让我们以“塑身内衣”为其中一例，展开谈谈。

所谓“聚拢型文胸”（push-up bra）的出现，带来了一次冲击。相信有不少男性都对女性突然高挺的胸部印象深刻（笔者也是如此）。1992年，日本华歌尔公司（Wacoal）推出了“good up bra”。在内衣行业，销量数10万件都足以称为畅销，而华歌尔的这款内衣空前地受欢迎，一年内卖出超过300万件，五年内卖出超过1000万件。1994年，黛安芬日本（Triumph International Japan）推出了“天使文胸”，其三年内的销量达800万件，同样创下了惊人的销售纪录。这般横空出世的“聚拢型文胸”所普及的契机又是什么呢？

a. 无休止的测量

从身体构造上来说，胸罩覆盖的乳房是极其不稳定的部位。除了与哺乳相关的乳腺等部位，乳房的大部分都由皮下脂肪组成。胸肌会因为人不断的呼吸运动而振动，乳房则是其上一团极不稳定、左右摇摆的皮下脂肪，没有骨骼、肌肉等稳定的支点，仅被皮肤堪堪连接在一起。胸罩这种内衣就旨在解决赋予乳房“形状”的难题，为此，人们付出了不懈的努力来测量它们。

以华歌尔为例，自1964年起，50多年来，该公司每年都对1000多人进行身体检测，累计人数约为5万人。为了把握这个难以捕捉的身体部位，华歌尔改进了各种测量技术，如手动测量158个部位的马丁式测量法，以及使用激光的非接触式三维测量等。由此，乳房的形状与个体差异、运动特

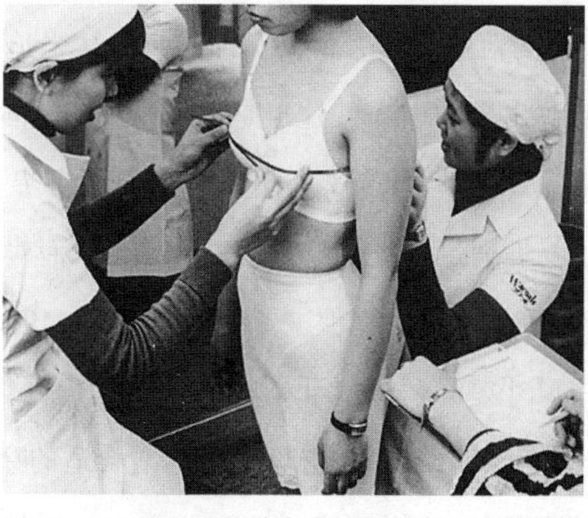

图 1-4　测量 158 个部位的马丁式人体测量法

征，以及随着年龄增长而发生的变化等数据也被大量记录在库。将这些数据与材料工程学相结合，就能够实现出色的体形矫正。不仅文胸，原本西式内衣也都与研发高弹力合成纤维为代表的化学工艺的发展密不可分，“聚拢型文胸”则更是技术创新的产物。

其构造精细，由 50 多个部件组成，包括具有保形性的非晶纤维、化学树脂加工而成的无缝罩杯、维持左右微妙平衡的挂钩部件等，能够实现聚拢并提拉副乳的高度美体效果，且不会牺牲穿着舒适度。它的外观几乎如同一件艺术品。

b. 紧密贴合

塑身内衣就是这样诞生的，但在人们开始普遍穿着它之前，也经历了很多波折。

胸罩的起源众说纷纭。一般认为，它起源于 19 世纪末至 20 世纪初的西欧，是一种将女性的身体从强迫束腰的紧身胸衣中解放出来的内衣。这也是内衣从“自下而上支撑”到“自上而下吊起”的转变。此外，第一次世界大战的爆发，推动了女性通过投身工厂劳动进入社会。而对便于行动的内衣的需求不断增加，也促进了胸罩的普及。1930 年左右，为适应个体尺寸差异，胸罩开始有了“罩杯”之分。至此，胸罩成为与乳房紧密贴合的内衣，并探索着合适的穿着方式。

明治时期以来，日本致力于学习西方文化，与西式服装一起引入了西式女性内衣。然而，当时的产品名称“乳罩”并没有固定下来，由此可以看出，它只是少数上层人士在特殊场合穿着的衣物，并没有普及。实际上，胸罩在日本普及是在战后。

普及之路并不平坦。日本女性的内衣几乎没有贴合身体曲线的穿法，而在没有这种习惯的地方，引进的西式女性内衣也经常被人们错误地穿着。时尚杂志《装苑》昭和二十六年（1951）年5月号中写道：“部分女性会在衬衣外面穿胸罩，这样衬衣的褶皱会从上方露出来，非常难看，请不要这么穿。”可见，许多消费者并不讲究穿衣顺序。制造商为此费尽心思，在百货公司活动大厅举办谢绝男性入场、只面向

图 1-5　内衣秀

女性的“内衣秀”，以致力于普及内衣知识。正确穿着西式内衣的时装模特展现了美丽、匀称的身体，消费者们从中学习如何穿着内衣才能使其与身体紧密贴合。

据说，如今日本的胸罩穿着率高于欧美。仔细想来，“穿胸罩”是一系列极其复杂的动作，尽管如此，女性们还是广泛地穿着它。细想起来，真是件怪事。毕竟这是日本女性在 20 世纪后半叶才掌握的一种崭新而精细的“身体技术”（techniques du corps）。

c.“乳沟”的发现

此外，穿上胸罩还意味着得到相应的身体形象。西方审美认为，身体本来的形态即为美，所以西式内衣大多强调身体曲线。而这一审美与希腊主义世界观有某种相通之处。希腊主义世界观认为，世界是全知全能的神创造的，而人类的身体作为神的造物，也基于神的智慧实现了和谐。西式内衣，无论是胸罩还是紧身胸衣，正是这种思维的产物，这并不是穿腹带和传统长裤的日本人能够轻易理解的。例如，“比例”这个概念是在战后才开始普及的。1953 年，时尚模特伊东绢子在环球小姐国际选美大赛中获得了第三名，“比例”一词由此传开。

伊东绢子身高 1.64 米，胸围 86 厘米，腰围 56 厘米，臀围 92 厘米。在当时，她的身材“并不像日本人”。她的获

图 1-6　伊东绢子

奖，将“八头身美人”这一身体形象变为了流行语，给传统以“脸型”为标准的审美观带来了重大改变。

笔者曾前往某个山村调查过去的生活。在借看相册时，笔者发现，一张脱落的肖像照背面写着三围尺寸。这张拍摄于 20 世纪 60 年代初期的照片，其背面甚至写着下胸围的数据。在如此偏远的深山，居然也有女性意识到、并在三围中寻找美的标准，笔者深感惊讶。这也是“比例”概念普及的一个例子吧。

当思考这些穿着习惯与身体形象之间的相互作用时，想到的是“聚拢型文胸”在字面意义上开创了新时代。20世纪90年代，内衣行业的宣传语中掀起了“乳沟”热潮。例如，华歌尔的宣传语中就出现了一连串的“乳沟”字眼，如“猛地隆起，非晶质造就深沟”（1992年夏季）、“聚拢提拉，深沟显现”（1994年春季）、“提拉出高山，聚拢显深谷”（1996年春季）、“轻轻一聚就有沟”（1999年秋季）……这是20世纪80年代之前从未见过的说法。不仅如此，到了20世纪90年代，描述乳房的词汇迅速增加，如“巨乳”“丰乳”“爆乳”等，有关乳房的说法发生了巨变。

与此同时出现了不少有趣的现象。正是在这个时期，漫画、动画中所谓的“美少女角色”开始备受瞩目，与其年龄设定不相符的“巨乳化”也在推进。此外，“模型手办”也让消费立体化的美少女角色成为可能。不仅如此，这一时期，“偶像”也从歌曲、电视剧、写真集三件套中解脱出来，以丰满的身体为卖点，作为“写真偶像”活跃在视觉媒体上。“聚拢型文胸”以诸多契机为条件，同时自身也充当了连锁反应的引导者，极大地改变了与乳房有关的媒体环境。“乳沟”是展现女性美与性感的专有部位。说来不怕误解，它是20世纪90年代的日本社会的全新“发现”，或者更确切地说，是“创造”出来的身体部位。

d.“人种测量学”的后裔?

再者，从生产和流通的角度来思考。日本的传说级田野调查家宫本常一（1907—1981）据说走遍了日本全国1万多个市镇村。他在对各地居民进行调查时，因关注“换洗衣物”而闻名。诚然，换洗衣物是一种丰富的文本，从中可以解读出家庭构成、性别、年龄、经济状况、衣着偏好等各种信息（在现代日本，细细观察别人家的换洗衣物可能会招来警察）。战前的日本和战后的日本，宫本都曾经不间断地做过田野工作，见到过不同的社会面貌。

看着晾晒好的衣物，也能让我思绪万千。从晾晒着的衣物来看，似乎没有手工缝制的物品。不知不觉间，我们穿的所有内衣都已被购买来的商品所取代。截至昭和三十年（1955），大多数晾晒的衣物都是手工缝制的。即使是用缝纫机缝制的，也有很多是自制的衣物。这意味着内衣没有固定的版型。那时打了补丁的衣物也不占少数。

昭和三十五年（1960）左右起，人们逐渐不再穿打了补丁的衣物了。许多女性不再使用缝纫机。原本随处可见的西式裁缝学堂和西式裁缝学校都渐渐关停了。从那时起，流行趋势不再由自主意识决定，而是受制于商业资本策划。当年的流行变得可以预知。不知不觉中，人的意志开始变得模糊。[1]

---

1 《来自天空的民俗学》，岩波现代文库，2001年，第165页。（『空からの民俗学』岩波現代文庫、二〇〇一、一六五頁。）

事实上，还有自制的胸罩。

《生活手帖》（『暮しの手帖』）杂志的主编是被誉为“全面人生规划师鼻祖”的花森安治（1911—1978）。该杂志因对战后的家庭生活产生了巨大影响而闻名，其创刊号（1948年）中刊登了《胸垫的制作方法》（「ブラジアのパッドの作り方」）一文。文章中，胸罩（中的胸垫）是为了自身的穿着而自己动手，用纱布和钢丝制成的。如今，几乎100%的衣服都是现成的，相比之下，那时真是恍如隔世。

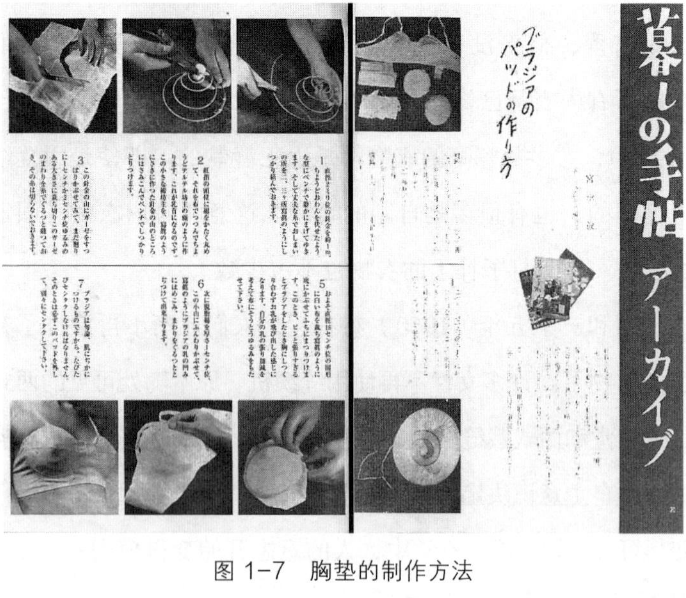

图1–7　胸垫的制作方法

当今，全球化的进程不可避免，日本内衣产业正积极向海外扩张，寻找新的生产基地和市场。亚洲地区拥有包括中国在内的广阔市场，因而尤其受到关注。内衣制造商正在新市场测量当地女性的身体，提炼其特征，并推进相应产品的开发。活跃的全球商品流通引发了世界范围的人体测量活动，但此类活动并不是首次发生。大约在100年前出现的“人体测量学”（anthropometric study）就是这种情况。这门学问是当今体质（自然）人类学的前身，是由拥有殖民地的宗主国发展起来的学问，其学者先驱随着帝国的扩张而走访各地，测量当地人民，归纳“种族特征”。如今，根据性状特征来统计确定人类群体这一方法的科学有效性遭到质疑（例如，同样是“日本人”，特征却千差万别），人体测量学已被斥为殖民地统治下，为划定与管理被支配者群体提供支撑的御用学问及伪科学。

当然，不能将过去在不对等权力关系下进行的人体测量与今天基于“原则上平等”的资本主义下所进行的人体测量等同起来。基于帝国压倒性军事力量的测量，与为销售内衣这一商品而进行的测量到底是两回事。然而，一百年前的身体测量和今天的身体测量，以及其测出的身体表象有哪些区别，又有哪些重叠呢？这个问题绝不允许妄断。事实上，华歌尔使用的马丁式测量法就是人体测量学的产物。测量知识与工业技术、穿着习惯与身体形象、全球资本主义……这些诸多契机交织在一起，造就了塑身内衣。换句话说，我们现在的衣服就处于这种情况之中。

内衣作为社会事实或惯习的政治

我选择讨论内衣是有原因的。内衣很多人都穿，但很少公开讨论它。笔者认为，这是因为内衣是体现社会本身机制，即“社会事实”（social fact）的完美材料。众所周知，社会学创始人之一涂尔干（Émile Durkheim，1858—1917）将“社会事实”定义为“一种独特的”现实，它不能被还原为物理或心理现象。

涂尔干断言，这种社会事实才是社会（科）学的真正对象，但衣服，尤其是内衣，是具体表明人类社会状况的现象。虽然穿内衣会因为收紧身体而带来疼痛，但“必须穿”这一意识还是占了上风。尽管一般情况下，不会让他人看到自己的内衣。如果这不是“社会事实”，那什么是呢?

“聚拢型文胸”的奇妙之处是无法轻易道尽的。这是因为，虽然可能有防止乳房摇动或错位的功能需要，但客观上没有必要通过调整乳房的形状和体积来使其看起来更漂亮。如果说这种必然性似乎存在的话，那是因为女性对自己身体的渴望、男性对女性乳房的欲望，或者女性对男性这一欲望的预期。是从这样的欲望和预期的错综复杂，层层堆积中产生的主体间性和社会现实的结果。我们的身体是一个永远服从物理定律的自然性存在，但它们也是一个社会事实，也是深深渗透着与客观实体相关的智力、情感和意志的社会性存在。

尽管有些唐突，但笔者在此想用选举、市场和习俗来进行类比。选举是每个选民通过投票，选择中意的候选人，再由其全体决定政治世界的制度。市场是每个消费者通过消费，选择想要的产品，再由其总体决定经济世界的制度。如果将这个类比范围扩大到极限，我们可以将日常生活中的习惯行为视为选举和市场。我们或许没有意识到，但实际上，我们从多种选项中选择了某些行为，而这些选择的集腋成裘，便决定了世间应有的行为规范。我们根据他人选择的行为的积累来选择自己的行为，而这些选择又反过来决定了他人的行为。还是那句话，提到“聚拢型文胸”，无论穿或不穿，无论是否想要聚拢的乳房，我们都不可避免地是这个世界的一员，通过反复做出诸如穿或不穿、想要或不想要之类与自己身体相关的选择，去试图接受或改变这个世界的现状。因为我们最根本的属性，是“政治性”的存在。不管这些“选择”多么微不足道，不可否认的是，它都是对这个“世界”的回答。

这就是为什么民俗学关注我们的日常生活以及无数只能被称为杂务的行为。我们的日常行为，无论多么微不足道，都有其由来的历史，未来也将由此展开。

民俗学者一心相信，将无限的因果一一解明，厘清“现在”的来龙去脉，是以更加丰富多彩的未来为目标的重大挑战。

【调查问卷摘录】
“对内衣的感受”

尽管我们（通常）不会把内衣给任何人看，但内衣凝聚着各种考究，是思考“约束”这一社会功能的完美材料。下面介绍一下与内衣相关的种种。

自从内衣固化为一种商品以来，可以说日本国内的内衣几乎没有地区差异。但也并非完全没有差异，细微的地区差异还是存在的，如寒冷地区重视防寒，城市中心卖场与城郊地区卖场的商品品类也有所不同。大阪南部地区的“安全裤”（防走光内裤）也是其中之一，虽然没有统计证据，但已收到多份报告。

安全裤

本人从大阪市内乘坐市营地铁和阪急电车去学校。本人发现，离京都越近，安全裤的穿着比例就越低。顺便一提，天王寺的安全裤穿着比例是大阪地区最高的。

安全裤的穿着率高，是因为大阪人性格使然，还是只是因为辣妹[1]多？就个人而言，本人并不喜欢看别人的内裤，所以当遇到穿着安全裤的人时，本人会感到有些尴尬。

虽然地区差异较小，但时代差异（代际差异）却相当大。考虑到西式内衣在战后开始流行，战前出生的、战后出生的、平成时代出生的这三代人的穿着体验是非常不同的。调查收到了种种经验之谈，如祖母那一代的人自制胸罩，修学旅行时在目的地城市第一次购买了胸罩等。下面是曾祖母到母亲这三代人的报告。

代际差异

我的曾祖母似乎没有穿内裤的习惯，她的女儿（我的祖母）经常提醒她："我说，别再蹲着了，下面都露出来了！"我知道日本没有穿短裤之类的文化，但令我惊讶的是，连我曾祖母那一代，像今天这样的内裤都尚未普及。我的母亲是我曾祖母的孙女，她年轻时曾在华歌尔担任销售员。我不禁想，仅仅经历了三代，习惯和价值观就发生了如此大的变化。

1　辣妹（ギャル），起源于20世纪70年代的日本街头文化，是指对流行潮流敏感的女性。——译者注

对于男性来说，内裤的社会性则体现在从三角内裤到平角内裤/紧身内裤的转变中。常见的模式是，在小学高年级或初中体育课换衣服时，穿着白色三角裤的人会被同学嘲笑，从此转为选择重视解放感的平角内裤或重视稳定性的紧身内裤。内裤的选择与身体变化几乎没有关系，这是他们与女性有所不同的地方。下面，韩国的报告也涉及征兵这一社会性的变化。

入伍前后

在韩国，男性可以分为两种，一是穿三角裤的，再是穿平角内裤的。要说我的话，入伍前都是穿的三角裤，而入伍后穿的是平角内裤。我的服役期到今年2月份，但军中配发的内裤只有平角内裤，所以我不得不穿。有趣的是，即使是退伍后，我现在仍然在穿平角内裤，因为觉得三角裤裹得太紧，反而很不方便。

相对于男性改变内裤穿着习惯这种纯粹的社会性变化，女性则受体形变化这一实际情况的影响更大。但尽管如此，由不穿胸罩到穿胸罩是迈向成年的、令人羞耻又欣喜的一步。尽管胸罩的紧绷感会带来不适，但容我再三重复，是社会约束力使穿胸罩成为必须。然而，这并不意味着完全不存在自发性的自我实现的一面。

聚拢型文胸

回到老家，79 岁的祖母对我说："我想要电视上那种能挤出沟来的胸罩。"于是，我们跑去东京购物。

当我问她："你想向谁展示你的乳沟吗？"她回答说："是为了穿洋服好看。"可到了某一家大型百货公司的内衣专区，祖母就开始不好意思了。于是，我把她的要求告诉了店员，也让店员帮忙看看我的。我在等祖母选完的时候，和店员聊了会儿天。我告诉她我是陪祖母来的时候，她似乎深受感动，说："无论到了什么年龄都葆有女人味的女性真的很棒。"我买内衣不是为了给别人看，很遗憾，我也没有任何打算要给别人看，但我想穿一些质量好的、我喜欢的内衣，即使这意味着要花很多钱。这是女人的天性使然吗？

这份报告让人思考内衣的意义，读完使人会心一笑。

20 世纪 90 年代的"聚拢"热潮褪去，从 2000 年开始，重视舒适度成为内衣的标准。文胸上衣可以说是先驱，但舒适并没有完胜美观。

文胸背心

我从小学高年级就开始穿优衣库的文胸背心。它穿着很舒服，没有负担感，所以我每天都穿。但是在初二的某一天，我听到我们班的女生看着另一个女生说："×× 的胸在好下面啊（笑）。是因为穿的是优衣库吧。"我虽然没有表现在脸上，但还是相当震惊。当天晚上，我和妈妈说我想要个像样的胸罩，她就给我买了一个所谓的"聚拢型"胸罩。

然而，我还是觉得胸部被勒着很不舒服，所以不和朋友见面的时候，我仍然经常穿文胸背心。

与此相关，有关睡觉时是否要穿胸罩来保持体形的争论也一直在继续。美观与舒适之间的拉锯可能还会持续下去。

关于社团活动和内衣的报告也很有趣。穿着和服参加茶道或日本舞蹈活动时，穿日式内衣可以遮挡体型的凹凸，这种修正与强调身体线条的西式内衣正好相反。在武术的世界里，武道服里面有时什么也不穿，近年来，据说不穿内衣的贴身款田径服有助于成绩的提高。下面提到的自行车比赛也是一项开发了独特服装的赛事。

赛车裤

大家知道，参加自行车比赛的选手所穿的赛车裤是直接贴身穿的吗？世锦赛上，选手的速度有时会达到每小时 100 公里，因此，为了让选手能够继续蹬踏板，需要缓解尿道受压带来的剧痛。我认为赛车裤是一种功能性内衣，它毫不吝啬地采用了能与塑身内衣相媲美的技术，例如减震凝胶、快干材料和高透气纤维。赛车裤在业余运动员中也很流行，每个人都穿着它去比赛。赛后大家一定会聊的话题之一就是所谓的胯部的“位置”。如何减轻疼痛，是只有以同样速度骑行过同样距离的伙伴之间才能分享的共同烦恼。

此外，一些人表示，从 LGBT 的角度来看，会觉得穿内衣很别扭。意识所掌握的主观身体与作为物体而存在的客观身体之间或多或少存在着错位，而内衣就存在于那间隙之中。虽然有些啰唆，但衣服是一种社会规范，时不时就会与物理合理性及心理舒适度相矛盾。有关内衣的烦恼应该是无穷无尽的。

【拓展阅读】

衣服不像食物那么多样化，但比住房种类丰富。再看看衣柜，你就会发现，即便是对时尚不感兴趣的人也拥有很多衣服。可能还有很多衣服你几乎都没穿过。关于衣服，我们不可忘记前人的众多成就，如风俗史研究巨匠江马务（1884—1979）、物质民俗文化遗产保护功臣宫本馨太郎（1911—1979）等。然而，笔者忍痛割爱，在此不谈大家之作，而想为初学者推荐一些书籍。如果想一睹世界上各种各样的衣服，那么馆藏丰富的国立民族学博物馆（大阪府吹田市）是个不错的选择。上羽阳子监修的《世界各地的可爱民族服饰！编织、染色、刺绣、蕾丝等手工创造出的世界的颜色与形状》（诚文堂新光社，2013）[1]一书，精选了日本国立民族学博物馆馆藏中“可爱”的民族服饰。光是看着就很有趣。松本敏子和西山晶的《裤子和裙子》（福音馆书店，1992）[2]，书中描绘了根植于风土的下装的多样性，打破了“裙子等同于女性”这一刻板印象，是本令人感到清新舒爽的绘本。

日本传统服饰方面，小出由纪子、都筑响一主编的《BORO——缝缝补补再利用：青森的破布文化》（Aspect，2009）[3]是非常出色的作品。民俗学者田中忠三郎所执着的“BORO”收藏，在粗糙的手工缝制痕迹中，展现了老百姓就连一块极小的碎布也要小心翼翼地使用的辛酸生活。与生活

1　上羽陽子監修『世界のかわいい民族衣装---織り、染め、刺繍、レースなど手仕事が生みだす世界の色と形』誠文堂新光社、二〇一三。

2　松本敏子·西山晶『ズボンとスカート』福音館書店、一九九二。

3　小出由紀子·都築響一編『BORO——つぎ、はぎ、いかす。青森のぼろ布文化』アスペクト、二〇〇九。

的艰辛一体两面的简素之美愈发令我折服。

衣服发展到了现代，“洋裁”（西式裁缝）是不可或缺的。战后，适龄女性去西式裁缝学校学习已成为常态，结婚后，她们勤勤恳恳地用缝纫机为家人缝制衣服，这甚至为她们提供了做副业赚钱的机会。正是这些家庭主妇的“洋裁”技艺，让“西式服装”的普及成为可能，小泉和子主编的《洋裁时代——日本人的服装革命》（OM 出版社，2004）[1]一书中，细致入微地描写了有关情况。

“学生制服”也是日本现代服饰史上必不可少的一项。女学生制服原本是为培养“贤妻良母”而诞生的，但最终成为现代自由女性的象征。学生制服处于管理与逆反的冲突漩涡之中，也与服装业和大众传媒等角色有着错综复杂的关联。森伸之监修、内田静枝编著的《日本制服百年史——女学生服如何成为流行文化》（河出书房新社，2019）[2]一书，从多个角度讲述了“学生制服”的曲折发展历史。

最后，在这个高级时装正处于极尽华美、快时尚席卷全球的时代，让我们再次想起，我们的日常衣装也与环境问题和劳动力剥削息息相关。如果想知道何为服装伦理，可以参

1　小泉和子編著『洋裁の時代——日本人の衣服革命』OM 出版、二〇〇四。

2　森伸之監修·内田静枝編著『ニッポン制服百年史——女学生服がポップカルチャーになった！』河出書房新社、二〇一九。

考伊丽莎白·L. 克莱因（Elizabeth L. Klein）的著书《简单的衣橱将拯救地球！时尚革命实践指南》（加藤辉美译，春秋社，2020）[1]。

1 エリザベス·L·クライン『シンプルなクローゼットが地球を救う——ファッション革命実践ガイド』加藤輝美訳、春秋社、二〇二〇。（Elizabeth L. Cline，*The Conscious Closet: The Revolutionary Guide to Looking Good While Doing Good*，Plume，2019.）

第二节　吃［食］

“能吃的东西”和“食物”（基础理论）

吃是必不可少的。而且，除了盐等极小部分之外，几乎所有的食物都是“生物”，“杀生”是不可避免的。此外，被“杀死”的生物免不了“腐烂”。换句话说，只要生命存在，就必须重复杀死生物，并在它们腐烂之前将它们吃掉。难怪包括人在内的许多生物都会花费大量时间和精力来获取食物。

到此为止已经足够烦琐了，但人的食物比这还要复杂。这是因为，人摄入的“食物”（food）不过是人类的生物学上的身体所能接受的“能吃的东西”（edible）中的一小部分。

例如，许多日本人都喜欢吃生鸡蛋拌饭，但也有很多人不能接受（笔者非常喜欢）。放眼全球，似乎只有少数人会吃生鸡蛋。另一方面，在中国被称为“毛蛋”，在菲律宾被称为“巴鲁特”（鸭仔蛋）的用即将孵化的受精卵制成的煮鸡蛋（里面有小鸡的煮鸡蛋），大多数日本人都会表示拒绝。

昆虫也是如此。当笔者去到熊本县的山区时，品尝了用熊蜂（大雀蜂）幼虫制成的佃煮和用熊蜂腌制的烧酒（图1–8）。这些食物味道鲜美，且能够滋补强身，深受当地人喜爱。此外，追踪熊蜂，发现其巢穴并捕获它们也成了一种娱乐活动。不仅是熊本地区，内陆地区也有吃昆虫的传统。战时由于粮食短缺，日本全国各地都吃昆虫。昆虫无需像对付大型兽类一样使用狩猎或捕捞等复杂技术就能安全捕获，是动物蛋白的有效来源，在预计未来会发生的全球性粮食危机中昆虫是被期待的救世主。

图1–8　蜜蜂烧酒（熊本县朝雾町）

尽管如此，正如“虫的唾液从胃里涌上来”[1]，有很多人只

1　在日文中，“虫的唾液”有“胃酸”的意思，引申指令人不快之意。——译者注

要听说这是昆虫就不能接受。但如果只看毛虫的身体结构，它和虾应该没有太大区别，但人类就是会发现其中的决定性差异。

简而言之，人只接受将“能吃的东西”中的极小部分作为“食物”，而这条界线是一种随意的划分，会随历史、地理和社会的不同而不同。如果我们一日吃三餐，那么我们一年就会吃超过1000顿饭，如果我们活到80岁，那么我们就会吃超过85000顿饭，如果再算上零食和饮料，那么次数将难以计算。我们的认知跟不上也是情有可原的。实际上，我们甚至很难准确想起一周前吃了什么，除非那是一顿特别的饭菜。食物必不可少，但同时也烦琐，且数量庞大，很容易就会被人们遗忘，长期以来一直被置于学术界的边缘也并非无缘无故。

柳田国男提出，在调查和研究难以捉摸的饮食行为时，应重视以下四点：(1) 食材：选择什么食物作为食材，如何获得它们；(2) 食品：如何烹饪食材，要制作怎样的食物；(3) 食器：烹饪和食用过程中要用到什么器具；(4) 食制：烹饪和食用食物都有哪些规则。[1]让我们牢记这四点，回顾一下平民饮食的历史。

---

1 《分类食品惯用词汇》，角川书店，1974年。(『分類食物習俗語彙』角川書店、一九七四。)

日本料理的基本形式（前现代）

有必要指出的是，“日本料理”具有历史性和多变性。寿喜烧、拉面绝非日本列岛所固有，手握寿司和天妇罗也是近世[1]之后才有的。“日本料理”时常吸收新要素，不断扩张其意义范围，首先要明确的便是这种饮食类型的强大感染力。

同时，“日本料理”并非没有相关的刻板印象，“× 菜一汤”的基本形式就是其中之一。日本河海资源丰富，盛产海鲜菜肴，正如“sa（糖）、shi（盐）、su（醋）、se（酱油）、so（味噌）”所说[2]，日本料理使用以盐和植物性原料为主的发酵食物进行调味，再加上由鲣鱼片、海带等熬煮的“高汤”之鲜……这些元素的组合构成了日本料理的基础，为其丰富多样的变化提供了支持。

尽管米饭没有出现在“× 菜一汤”的字面中，但它是长期以来的主角。“御飯”一词的字面意思是米饭，表示的是“饮食这件事本身”，大米是贯穿日本饮食文化的主角。水稻是一种起源于温带季风地区的作物，非常适合日本炎热潮湿的夏季。得益于品种改良的努力，水稻几乎在整个日本列岛

1　日本的近世时期通常指16世纪中后期至19世纪中后期，也多泛指江户幕府时期。——校者注

2　取这五种调味料中的单字发音而编成的顺口溜。——校者注

都有种植。政治权力将大米作为税收制度的基础，这或许也加快了水稻的推广。

然而，直到20世纪中叶，大米才在整个日本列岛普及，成为普通百姓的主食。依据战争期间颁布的粮食管理法（1942年）实行了粮食配给，由此，日本全体国民每天都能获得少量的大米。在此之前，在水田稀少的山村和寒冷地带，许多地区和家庭的人们日常并不吃大米，而是用少量大米与薯类、白萝卜混合煮成“糅饭”。长期以来，能饱餐一顿米饭一直是老百姓的愿望。由此可见，米饭是在特殊情况下才吃的食物。日本祭典的基本形式，是在祭典期间向神明供奉特制的大米食品，随后，祭祀者们一起食用撤下的神饭，以求神明保佑（图1-9）。

图1-9 招待田地神明的食物（石川县轮岛市）

大米不仅可以煮成米饭，还可以制成年糕、团子、寿司、红豆饭，甚至年糕汤等各种食品，伴随着祭典的喜悦一起享用。大米首先是一种非日常的特殊食物。另外，在民俗学中，特殊的祭典被称为“晴（hare）”，日常生活则被称为“亵（ke）”。据说，祭典时，人们会一改平时朴素的生活方式，使用奢华的食物、衣服、器具等。“非日常与日常”由此往复，创造出了百姓生活的节奏。关于这一点众说纷纭，但目前，我们只需要明确“晴＝非日常/亵＝日常”即可。

无论如何，“×菜一汤”，即米饭、汤和菜的组合已经成为日本料理的基本形式。通过这种形式引进西餐、中餐、民族风情食物，并由此转化为所谓的日本料理的变体（例如，搭配有米饭与味增汤的汉堡肉饼套餐），可以说，这是一种灵活且稳固的构成。

说到餐具，民俗学家高取正男（1926—1981）着眼于将筷子、饭碗和茶杯视为“个人餐具”的习俗。男女老少都有自己的一份餐具，如果被家里其他人误用了，就会有某种说不出来的别扭。由此可以看出一种日本特有的“个体”理想状态，它不同于现代西欧的个体意识，具有神秘性或前逻辑性。

> 现代以前的社会，家庭生活艰苦，人们时刻警惕饥荒，储备食物，分享稀缺的资源过活。而个人餐具和个人寝具就是在这样的生活中得到公认的东西，是个人

物品，是主张“自我”的道具。当然，它与现代人的自我意识，以及基于此的私权和隐私的主张处于不同的层次，且在它们成立之前就已经存在了。因此，它与现代的自我不同，很难轻易用语言或逻辑说清。或者说，它似乎是基于这样一种认识：先于理性和逻辑，对更加根源性的人类心态的直接发现。[1]

高取正男以其灵活的观察，摒弃了个人主义的西欧、集体主义的日本这一粗糙且不准确的二元对比，挽救了日本“个体”的表现形式与现代自我意识之间的差异，让我们再次向他致敬。不得不再度惊叹于，他对在传统与现代的夹缝中摇摆不定的日本的困境所做出的洞察。

西洋饮食的到来与个人饮食自由（现代）

日本饮食的现代化，是随着幕府末期到明治时期西洋饮食的到来而开始的。由此，以肉类菜肴为代表的新菜品登台亮相，但并不限于此，西洋饮食的到来还带来了蛋白质、碳水化合物等科学营养概念，将负责提供营养丰富合理，又有

---

1 ［日］高取正男：《民俗之心》，朝日新闻社，1972年，第86—87页。（高取正男『民俗のこころ』朝日新聞社、一九七二、八六～八七頁。）

品质的食物的角色固化为“主妇”的“现代家庭”形象也普及开来。值得注意的是，正如宣传是海军为应对长期的海上生活而发明了“土豆炖肉”那样，军队在普及营养概念方面发挥了作用。为了富国强军，必须合理管理国民身体，这一需求成为推动军队饮食现代化的重要推动者。

此外，战争对饮食的影响也不胜枚举。例如，一战期间从中国青岛被带走的德国人为日本带来了香肠、火腿和西式点心等。

然而，我们不能忘记，西洋饮食的传入并非只是单向的。以西洋饮食为契机，日本人为“日本化”下足了各种功夫。尽管佛教教义禁止吃肉，但实际上也有许多空子可钻（如因落语《池田买野猪》而闻名的“药用野猪肉”等），以日本食用兽肉等饮食习惯为基础，嫁接和改造西洋饮食。寿喜烧也许是最好的例子。并称为“三大洋食”的炸猪排、炸肉饼、咖喱饭，都经过了不同于原版的独特改造，将“西式料理”视为日本料理的一个“种概念”或许更为合适。在稍晚于此的时代，起源于中国的拉面不知何时成为了日本最具代表性的食物之一，这一过程大概也是相似的。柳田国男就是亲身经历过这些变化的人之一。柳田在《食物的个人自由》[1]中写

1 「食物の個人自由」『明治大正史第四巻 世相篇』朝日新聞社、一九三一、第二章。

道，近代的食物变得更温热、更柔软、更甜，这三点是现代饮食生活的变革。他还指出，其中，甜味是近代精糖工业的发展以及作为甘蔗主产地之一的中国台湾所带来的，而温热与柔软则来源于火的刚柔两面的转化。

> 家里用于烹饪的洁净之火，原本是灶神所掌管的吊钩挂钩之下的火。如果吃掉未经洁净之火处理的食物，它们便不足以化为家人们的血肉，意外的是，这种信仰直到晚近时期都还深入民心。所以，正式的食物分配起来反而比较麻烦，直到凉透了才终于能吃到嘴里。即使是有了炭炉和火铲，能够随意搬运炭火之后，这种思维方式仍然保留了相当长一段时间。起初，要从一个大容器中取出食物，分成几份，为防止其他正在煮的食物冷却，日式火锅、雪平锅等逐渐被发明出来，最终发展成了如今这般锅物料理的盛世。当然，烧炭技术的普及对此也有所帮助，但更根本的原因是家庭食物的差异以及使其成为可能的对于火的神道信仰的退场。[1]

和“非日常的饮食”一样，原本的饮食方式就是人们分享在同一堆火上烹制的食物。这就是所谓的“大锅饭”。反

1 ［日］柳田国男：《柳田国男全集》，筑摩文库版全集第26卷，第56页。（柳田國男『柳田國男全集』ちくま文庫版全集26、五六頁。）

过来说，只为一人的烹饪和饮食会遭到批判，因为这是有违共同生活的行为。然而，现代化带来生活方式的多样化，使人们很难再在日常生活中一起吃饭，也让一个个人按照自己的时间单独吃饭。在这一过程中，人们发明了能够烹饪单份食物的加热器具，但更重要的是，变化的根源在于，对于火的神道信仰的退场，即人们逐渐不再受“一起吃在同一堆火上烹制的食物”这一规范的束缚。这可以说是非常敏锐的洞察。无论如何，现代确实使我们的饮食急剧多样化，食物已成为营养、功能和品味交叉其间的繁难领域。

快与慢之间（现在）

再次借用柳田的话。

> 饮食文化与色彩和声音所不同的特征，是其过去曾有过广泛的统一，但后来逐渐显现出分化，流行无法再次征服每个人的品味，特别是无法经由一种强烈的东西，如声音般压倒其他少数群体。在“必须什么都吃”这个不可避免的大前提下，重新制定时代的标准是很困难的。因此，品种的数量逐年激增，而普遍性的观察也

变得越来越困难。[1]

“食物变得越来越复杂”的观点从昭和初期一直持续到现在。这些变化可以概括为：（1）从自制品到制成品；（2）从集体餐到个人餐；（3）从为了补充营养到为了满足口味偏好。贯穿这一切的是机动性的提升——人、物以及信息的高速流动——以及现代世界体系无止境的发展。

图 1-10　女孩好像在吃“札幌一番”牌方便面

（密克罗尼西亚联邦波纳佩岛）

1 ［日］柳田国男：《柳田国男全集》，筑摩文库版全集第 26 卷，第 55 页。（柳田國男『柳田國男全集』ちくま文庫版全集 26、五五頁。）

快餐处于高速化饮食的最前沿。虽然简单地称为快餐，但菜单上有汉堡、牛肉盖浇饭、回转寿司等多种菜品，也与方便食品、即食食品、冷冻食品等多种加工和流通技术有关，但总体而言，快餐是一个将食品像工业产品一样生产的系统，以“麦当劳化”等词语所象征的食品的高效化、合理化、均质化将被推向极致。

在这一过程中，快餐也造成了人体和生态的负担，引发了不少担忧，如不同于回转寿司常见菜单的“替代鱼类”层出不穷，又因过度捕捞而消失等。

为了抵制这种情况，慢食应运而生。意大利人卡洛·皮特里（Carlo Petrini，1949— ）担心各村不同风味的奶酪和葡萄酒等传统食品会因被快餐挤压而面临危机，他提出了以保存传统食品、保护生产者、启发消费者为三大核心的慢食。1989 年，国际慢食协会成立大会于巴黎召开，并通过了《慢食宣言》。

为了传承植根于风土的饮食文化，保护生产者是关键，为此，消费者适当的消费行为必不可少。日本也同样提倡“本地生产本地消费”，并于 2005 年施行了《食育基本法》。问题在于，慢食的宣传语很容易被快餐营销挪用。食品的生产流通过程中针对安全性、传统保护和工作环境的适宜性有多少考虑，应根据具体情况进行查验，但慢食类产品很可能成为一种用于商品差异化的标签。这将有掩盖传统食品及其生产者真实状况的危险，务必多加注意，“和食”（日本料理）于2013年被列入联合国教科文组织人类非物质文化遗产代表作名录，可以说，构建于日本风土之中的日本料理有其独特的美学和功效，因而受到好评，但在食材和生产者方面都面临重重困难，“日本料理”的实质变得前所未有的模糊。可以说，我们的饮食在“快”“慢”“如慢的快”的矛盾中不断摇摆。尽管如此，我们还是得继续吃下去。那么，吃点什么好呢？

【调查问卷摘录】
“我所吃的非日常餐”

“晴”是有别于日常生活的特殊场合。在传统的百姓生活中，这些特殊场合主要是每年都会重复的“年中行事”[1]和在人生重要节点上举行的“人生仪式”等。在重要场合，穿新衣、换陈设、吃难得一见的美食，带来一种与平时朴素生活形成鲜明对比的特殊印象。民俗学一般认为，正是“晴（非日常）”和“亵（日常）”交织在一起的生活节奏塑造了百姓生活。

在这“非日常”之中，最先想到的就是正月新年了。正

1　每年惯例的活动或仪式。——译者注

月很长，涉及的食物种类也很多。如“大晦日”[1]吃的跨年荞麦面，元旦的屠苏酒、年糕汤、年节菜，吃腻了珍馐美味后的一碗七草粥。其中，“年糕”是必不可少的。

年糕

小时候，每到新年，亲戚们都会相聚本家，一同品尝男人们在庭院里用杵和臼捣成的年糕。或红豆沙夹心，或裹上黄豆粉，可用紫菜一卷，也可蘸甜酱油，虽然是种简单的食物，但刚刚捣好的年糕非常美味，大家或配酒或佐茶，吃不腻似地大快朵颐。我六十多岁的父亲据说从小就在捣年糕，我想，原来大约有三四十人参加聚会吧。不过，亲戚们渐渐疏远，长辈也去世了，那样的聚会也就不再有了。（冈山县津山市）

在大多数平民都以务农为生的时代，一家人一起准备新年年糕是年末常见的景象。至今还在延续这种做法的只占少数吧。尽管如此，年糕仍然是新年的主角。或许该说，这是大米作为“非日常食物”的顽强韧性[2]。

年糕汤至今仍是大多数日本人会吃的新年食物。从学

1　一年的最后一天。——译者注

2　日语中的“黏性”也可以用来形容“坚韧”，此处为一语双关。——校者注

生问卷中，我们可以看到，风土不同，各地的年糕汤也有差异，例如奈良县的吃法是把年糕从汤里捞出来并蘸黄豆粉，而香川县则加入了带馅年糕。大体来看，年糕汤分为东日本以清汤为底的烤“方饼”，以及西日本以白味噌为底的煮“圆饼”两类，但实际上年糕汤的吃法会烙印着父母及祖父母的故乡、居住地等家族历史并由此呈现出千差万别、趣味无穷的样态。

除了正月新年之外，一年中也不乏与饮食相关的习俗，如节分[1]、女儿节、儿童节、春秋彼岸[2]、盂兰盆节等。其中，在举全地区之力举办的祭典里，鱼和大米一起成为主角。

熟寿司

我在和歌山县有田市出生长大，那里靠近大海，秋季祭典时，我们会将青花鱼寿司用芦竹叶包裹发酵，制成“熟寿司”，以及无须发酵、用醋制成的“早寿司”（当代寿司）。熟寿司经过发酵，能够长时间保存，所以气味浓重，味道也很独特。老年人经常吃，但我没有吃过。我祖母说，近年来越来越多的家庭不再吃“熟寿

1　指立春、立夏、立秋、立冬这四个节气起始之日的前一天。——校者注

2　指春秋分前后的一周时间，包含春秋分当天，以及前三天与后三天。——校者注

司”，而开始吃“早寿司”了。

青花鱼寿司、箱寿司、散寿司等为祭典增光添彩的寿司，在各地展现出不同的形式。寿司本来是要花时间熟成的发酵食品，作为当今人们普遍食用的“早寿司”的一种，“手握寿司”用醋饭代替了发酵产生的味道和香气，可以说是江户时代以来的快餐。除了寿司之外，以鲷鱼为首的各种鱼类，包括日本东北部的鲑鱼、日本海一侧的鰤鱼、日本西南部的鲣鱼、内陆地区的鲤鱼等在“非日常的宴会”上也很受欢迎。感恩河海的恩赐。人生仪式（也叫通过仪式或initiation）与年中行事同为“非日常场合”，它是纪念人生节点的仪式，如成年礼、婚礼和葬礼等。人生仪式上也会提供各种各样的食物。下面是冲绳成人礼上的饭菜。

布宜诺烤鸡

我的妈妈是冲绳人，我从来没有吃过年节菜等内地的“非日常食物”，但我认为，我满20岁[1]时在冲绳县名护市吃到的布宜诺烤鸡就属于这一类。它是将大蒜塞进嫩鸡的肚子里整个烤制而成，据说它起源于移民阿根廷的冲绳人所开的一家餐馆。在冲绳，布宜诺烤鸡是在入

1 20岁是日本的法定成人年龄。——校者注

学典礼、毕业典礼、合格庆祝、成人礼、聚会等场合会点的菜肴。事实上，由于这些活动大多集中在三月，所以这段时间的布宜诺烤鸡经常预订不到。好像从母亲还小的时候，庆祝活动中就出现这道菜了。

移民带来的南美菜式已作为非日常食物固定下来，但无论它是多么具有冲绳特色的“杂烩文化”，这种变化在现代以来的饮食生活中已随处可见。田中康弘《日本的肉食：从狩猎到屠宰场》（筑摩首推新书，2017）[1]一书详细提到，尽管人们避免吃肉，但形形色色的动物却仍被以各种方式食用。即便是在学生的问卷调查中，寿司、鳗鱼、螃蟹以及寿喜烧、烤肉等肉类外食也是非日常餐的代表。此外，炸肉排、奇巧巧克力等代表好兆头的“决胜餐”[2]也是大学生在考试或社团比赛前的非日常餐。下面是关于比赛前“决胜餐”的报告（酱汁猪排盖饭的起源有多种说法）。

酱汁猪排饭

我的母校长野高中，一所拥有参加过全国大赛的吹

1 田中康弘『ニッポンの肉食——マタギから食肉処理施設まで』ちくまプリマー新書、二〇一七。

2 日语中“烤肉排”与“奇巧巧克力”分别与“胜利”与“一定赢”谐音。——校者注

奏乐团的强校。当吹奏乐团赢下县大赛，晋级东海地区大赛时，他们总是会在前往比赛会场的途中，特意绕路到南信[1]的伊那市吃酱汁猪排饭。我问负责老师，为什么要吃酱汁猪排饭，又为什么要特意跑去伊那市吃时，他告诉我，据说伊那市是酱汁猪排饭的发源地，而且东海地区大赛是跨县举办的大赛，我们作为长野县的代表，选择长野依那市的酱汁猪排饭，是希望能够演奏出无愧于我们代表身份的音乐。

酱汁猪排饭虽然与传统的非日常餐不同，但其在重要比赛前让成员们调整好身心状态的作用，与神轿轿夫奉上的敬神酒一类并没有什么不同。食物在联结人与人的关系上发挥着巨大的作用。

因此，我们不得不承认，食物也可能带来差异。下一篇报告是有关“妈妈的味道”的遗憾自白。

芝士蛋糕

我的妈妈是一名医生，极其不会做饭。从记事开始就一直是平时吃保姆做的饭菜，节假日吃爸爸做的饭菜。小时候，我很不喜欢妈妈不做饭。每当我看到

1　长野县南部地区。——译者注

海螺小姐等动画中的女性做饭，总觉得她们在对我说："这才是一个'正常'的家庭噢。"我和妈妈说过好几次"变得正常一点吧"。有一天，妈妈在网站上发现了一款"芝士蛋糕电饭锅"，只要将材料扔进电饭锅中，无须讲究顺序，按下开关即可。这是她想出来的最后的办法。我还记得我当时高兴地想："没错，这才像个妈妈。"从那时起，芝士蛋糕就成了"妈妈的味道"。当我长大成人，我很感激她那种会勉强自己为孩子做些东西的母爱，与此同时，也为试图把她摁进"母亲"的模子而感到抱歉。

我们的社会还远没有摆脱一种普遍观念，即妻子应该相夫爱子，家庭料理是她们的分内之事。由于我们在日常生活中总是如此，所以这一束缚的影响不可估量。我们必须再次想起这句口号："个人即政治"。

【拓展阅读】

近年来，有关饮食的书籍有着令人赞叹的质量及数量。这或许是因为，饮食是一种难得且可贵的爱好和消遣，比住房和衣服更亲民，但无论如何，好书的增加是值得庆祝的。

而作为正在写阅读推荐的人，笔者却喜忧参半。若想了解与饮食原理相关的研究，推荐文化人类学家、语言学家西江雅之的《关于食物的课外课程》（平凡社新书，2005）[1]，书中解析了动词“吃”等与食物相关的词汇，同时，把人类只将一小部分“能吃的东西”视为“食物”的饮食活动定位为人类“文化”的具现。本书的魅力在于，它是对作为“文化”的饮食进行了说明，同时也从饮食的角度思考了“文化”。

有关日本料理的概述书籍已经出版了许多，但日本饮食文化史最高权威原田信男的《日本料理的社会史——和食与日本文化论》（小学馆，2005）[2]是一部全面的通史，是不可多得的佳作。从考古学意义上的过去到现在，从阿伊努到冲绳，从宫廷到平民，本书简单易懂地解说了不同时代、地区和阶级的饮食行为的各个方面。看完本书，就能明白日本料理的基础及其变化。

关于现代饮食，毋庸置疑，有关西洋饮食的文章十分重要，例如冈田哲的《炸猪排的诞生：明治洋食的开始》（讲谈社精选系列，2000）[3]等，但西方以外的饮食文化也很有意

1 西江雅之『「食」の課外授業』平凡社新書、二〇〇五。

2 原田信男『和食と日本文化——日本料理の社会史』小学館、二〇〇五。

3 岡田哲『とんかつの誕生——明治洋食事始め』講談社選書メチエ、二〇〇〇。

思。姜尚美的《京都的中华料理》（幻冬舍文库，2016）[1]细致地描述了适应京都特色的中餐本地化过程，例如开发能够让祇园舞妓小口吃下的、不放大蒜的饺子之类的故事。每家餐厅的菜单描述都非常吸引人，但“闭店于某年”的注释常令人捶胸顿足。阿古真理的《日本外食全史》（亚纪书房，2021）[2]也十分珍贵，它全面描述了从经济高速增长时期到现在的食物多样化。对“外出就餐元年”的1970年后这一时期记忆深刻的读者，肯定会被本书勾起无数与饮食相关的记忆。

最后，自称“厨房探险家”的Cookpad员工冈根谷实里的《世界厨房探险——通过烹饪看见生活和社会》（青幻社，2020）[3]一书也十分优秀。令人深受感动的，不仅是作者敢于走入在异国他乡遇到的人们的厨房，而且让我们看到在那里制作出的，为一家团圆增光添彩且代代相传的菜肴。这让人再次想起，无论过去还是现在，也无论好坏，饮食都是一种将人们联系在一起的活动。

1　姜尚美『京都の中華』幻冬舎文庫、二〇一六。

2　阿古真理『日本外食全史』亜紀書房、二〇二一。

3　岡根谷実里『世界の台所探検——料理から暮らしと社会がみえる』青幻舎、二〇二〇。

第三节 住［住所］

所谓“at home”（基础理论）

有一个词叫“at home”。正如我们在初中英语中所学到的，它的本义是“在家里”，还可以引申为“感到安心”，这一词义颇具启发性。人类是一种没有“住所”（home）就无法感到“安心”（at home）的生物。

灾难期间的避难所就是一个实际的例子。设置在公民馆、体育馆等地的避难所，怎么说也是经得起风吹雨打、严寒酷暑的设施，然而，被迫在那生活的人们却感到无所事事、脆弱无助。这是笔者曾经从一位报纸记者那听来的。也许就是因为人心惶惶，所以有很多暗地里的犯罪行为没有被报道出来。近年来，人们用纸板制成临时隔断来保护隐私，情况已有明显改善，但还是和“家”差之千里。

今和次郎（1888—1973）对这些临时住宅产生了不同寻常的兴趣，并致力于研究它们。他曾在东京美术学校（现东京艺术大学）学习设计，后来在早稻田大学建筑系任教，不久便加入柳田国男等人所在的“乡土会”和“白茅会”，开始记录与研究“民宅”，即普通百姓的住所，其处女作《日本的民宅——田园生活者的住所》（铃木书店，1922）[1]总结了他的研究成果，是日本第一部民宅研究书籍。此书出版后的第二年，关东大地震发生，他亲眼目睹受灾居民利用手头的材料建造避风挡雨的临时住所，即临时木板房，他被其中同样凝结着乡村民宅那般巧思的朴素建筑形式所吸引，便观察了它们从出现到消失的全过程。他对遭受战祸后的临时建筑进行了同样的观察，并将发现描述如下。

如果直白地诉说自然具有诗意诗趣，那么可以说，在战争受害者的地下避难所和临时房屋中看到的种种也具有诗意。这是因为每个人尽管都有自己的不便，但都在积累创意巧思……无论如何有个容身之处，对勉强度日的生活早有预料，抱着“先将就在这住一下”心态的人们，他们的居住环境就如同其破烂的房屋外观，远谈不上经营生活。令人意外的是，就我所到访过的场面当

1 『日本の民家——田園生活者の住家』鈴木書店、一九二二。

> 中，一些轻松、愉快的情景令我印象深刻。那些人认为“住惯了哪里都是好地方”。说他们坦率也好、适应能力强也罢，能在这些人里看到的是踏实豁达，如白纸一般没有执念的心，不在意外在虚荣与声誉体面的心境，人们常常认为这其中潜藏着一种宝贵的真实。[1]

即便是战争后的临时住所，只要其中倾注了居住者的创意巧思，就能使人住得舒心。人是如此需要一个住所来获得“安心”。可以移动的（住所）也没关系，如荒野中行驶的带篷马车，或生活在海上的人们的船只，总之，它必须具备一个让人有归属感的空间。住所不仅要是人类作为生物能够接受的物理环境，还要是一个能够释放内心的“心灵之巢”，二者不可或缺。

当然，纵观古今东西，住所的实现方式上存在许多差异。民俗学将“平民”，即（贵族、武士、僧侣以外的）农民、工匠和商人的住所作为“平民之家”或“民宅”，对其进行了各种研究。这种积累的起源是今和次郎的《日本的民宅》一书。

1 ［日］今和次郎：《战争受灾者的临时住房》《住宅论 今和次郎文集 第4卷》，多美思出版社，1971年（原著1946年），第337页。（今和次郎「戦災者の仮住まい」『住居論　今和次郎集　第四巻』ドメス出版、一九七一[原著一九四六]、三三七頁。）

使用触手可及的材料和技术（前现代）

传统即前现代住房的先决条件，是使用现成的材料和技术来应对气候和水土。

在南岛，为了防御台风，需要阻力小的低屋顶和防风墙；在雪乡，则需要容易落雪的大倾角屋顶，以及檐下通道等防雪设施。在除了人力、畜力之外没有任何搬运方式的时代，这些材料必须从尽可能近的地方筹措，以木材、藁、茅草等植物性材料混合土石使用，成为修建日本民宅的主流方式。

重要的是，为了建造和维修而筹措技术和劳动力成为可能。在普通百姓的家里，除了“柱组”[1]等结构上的主干部分外，铺屋顶、刷墙面等维护工作通常都是由居民自己完成，不需要工匠的帮助。飞驒白川乡的“合掌造”建筑是有名的世界遗产，当其茅草屋顶达到50年的使用年限时，全村村民就会来帮忙更换茅草。得到帮助的人要仔细记录下前来帮忙的人名，在对方需要更换屋顶时前去帮忙。这种劳动交换，即互相派出帮手的规定被称为“结”（yui），在各地都有类似的做法。

1　日文“柱組み”，指木造建筑中由柱与梁组合而成的房屋结构。——译者注最常见的房间布局是“田字型”，即玄关、土间[1]与四个房间排列成田字型。柳田国男出生的家被称为“日本最小的房子”，其布局也采用“田字型”。但是，如果是在山区等平地较少的地方，就不会采用“田字型”，而会将房间横着排成一列，而在商家鳞次栉比的市镇里，则会采用“鳗鱼床”方案，即面宽狭窄，进深较长的房屋。

说回田字型，四个房间根据客室、寝室等功能分为居间（即起居室）、台所（即厨房）、座敷（即铺着席子的房间）、纳户（即储藏室）等。如果起居室或厨房有地炉，则需要指定家主的主座、妻子的女座、客人的客座和其他下座，座位是根据家庭地位指定的。日本建筑由“畳”[2]这一单位组成，这一点非常重要。畳最近才在民间普及。此外，畳一词源自“tatamu”[3]，由此可以推测出，它在某个时期是可以折叠铺装的，后来才变成固定的。无论如何，建筑物是按照“一畳”为单位建造的，而这一单位是由灯心草的长度决定的，这一点很重要。建筑物的部件可以轻松更换、移动和挪用，因而具有极高的灵活性（flexibility）和移动性（mobility）。笔者想将其假设为日本住宅的一个特点。

1　指没有铺设地板的素土地面。——校者注

2　中文音译为“榻榻米”，既指铺装地面用的草席，也指一种面积单位一畳相当于1.62平方米。——校者注

3　意为动词“折叠”。——校者注

将目光转向建筑物外，洗手间和牛棚马厩通常与主房分开，水井通常也不在室内。住房周围的栅栏、围墙和大门也会根据当地水土和可用材料的不同呈现多样的形态，或是石墙，或是树篱，或是防风林。如果仔细观察住房，就会发现它是一个非常复杂的装置。也许这并不奇怪，因为住房是平民可以拥有的最大的“东西”（而且通常是最昂贵的）。

今和次郎在《住宅的变迁》[1]一书中指出，这些传统民宅的复杂性便是刻印其中的历史多重性。如果关注民宅的底部，就会发现有土间（即素土地面）、板间（即木板地面）和畳间（即榻榻米地面）三种类型，按现在的说法，它们分别继承了原始时代、平安时代和武家时代的传统。例如，土间从原始的竖穴式住居就开始使用，其上供奉着守护炉灶的火神等原始的没有固定名称的神灵；与此相对，板间从平安时代的寝殿造（日本公家贵族的住宅）开始频繁使用，其上供奉着的是拥有文明化的名称的神明（图1-11）。

> 从内容上来看，这（板间）厅中所供奉的神明与上述土间供奉的神明性质截然不同。这些神明户籍明确，都在某地拥有总神社，且都由上天赋予了各自的特性。

---

1 ［日］大间知笃三等编：《日本民俗学大系6：生活与民俗Ⅰ》，平凡社，1958年收录。[今和次郎「住居の变遷」（大間知篤三他編『日本民俗学大系6 生活と民俗Ⅰ』平凡社、一九五八所収）。]

图 1-11　土间之神和板间之神

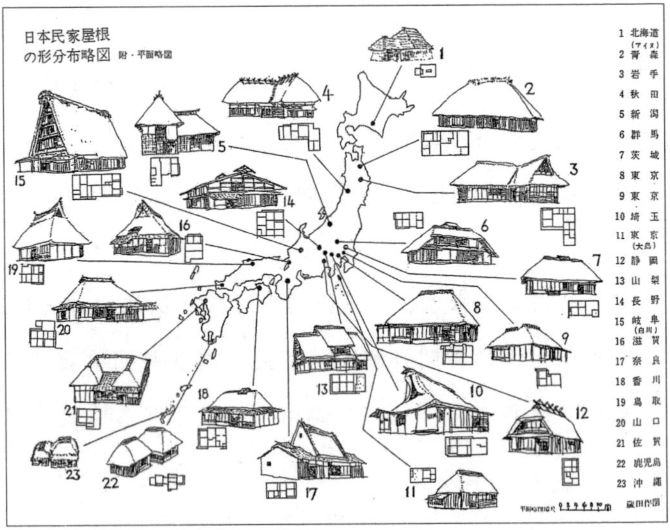

图 1-12　日本民宅屋顶形状分布略图

> 大神宫、守护神及其他神明都具有政治性，为的是让民众提高自己是日本国民、或是某某贵族领地上的居民的意识。[1]

畳间是武家为迎接尊贵客人而设的一种社交关系空间，那里经常放置着供奉祖先的佛坛。据说，可以从地面材料与供奉神明之间的对应关系中发现民宅演变至今的历史多重性。

再次重申上述内容，传统住房的任务是使用触手可及的材料和技术来应对气候及水土，所以，为此产生的几乎无限的变化并不能如此轻易地支撑当前的假设。尽管如此，当前的假设也可以称为一种独特的视角，对那些变化予以一定程度的洞察。

民宅里刻印着“居住”那难解且多样的历史。这就是民宅的神秘之处，也是其无尽的魅力所在。

---

1 ［日］大间知笃三等编:《日本民俗学大系6：生活与民俗Ⅰ》，平凡社，1958年，第13—14页。（大間知篤三他編『日本民俗学大系6 生活と民俗Ⅰ』平凡社、一九五八、十三～十四頁。）

DK风格的诞生（现代）

现在，让我们把话题推进到现代住所。首先大致了解一下“现代”（modern）的含义：有各种各样的现象被认为是现代的标志，如议会政治、政教分离、市场经济等，但英国社会学家安东尼·吉登斯（Anthony Giddens，1938— ）提出，所有这些现象的共同点是它们都是一种“功能分化”（functional separation）。“现代”意味着我们必须将不同的功能分配给不同的时间和空间。

就日本平民来说，在前现代，一切活动都是以“家”（ie）为据点进行的。如果进行劳动的是“家”，那么消费劳动成果的也是“家”，教育孩子成为下一代劳动者也是“家”。从属于“家”，并为“家”做出贡献是生存的充分必要条件，这就是前现代。

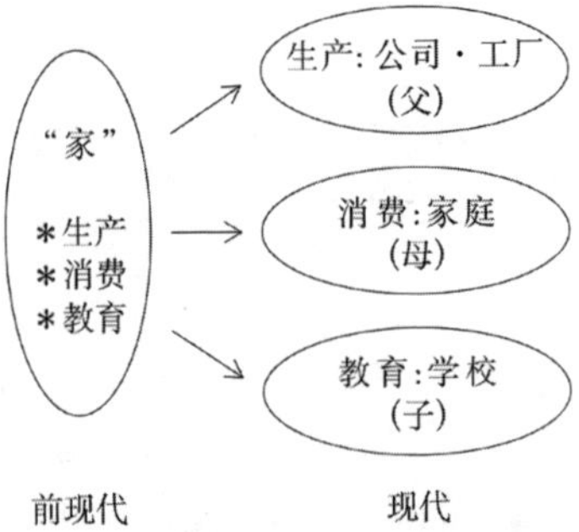

图1-13　功能分化的现代

现代不允许这种一切功能都让“家”来承担的情况。劳动要在公司或工厂，教育则要在学校，各项事业都设有专门的组织，只有余下的“消费”可以分配给“家庭”。更重要的是，这种分化不仅涉及空间，也延伸到人。父亲在公司、工厂工作，子女在学校读书，而母亲则要相夫爱子、保护“家庭”。这种情况下，基于性别和代际划分的角色功能得到明确地分配。现代住宅需要作为这个“现代家庭”的容器。

在日本，最突出的例子是“团地”[1]。日本战败后，空袭造成房屋严重损毁，大批旧殖民地归侨和撤离战场的退伍军人回流，低价提供大量宜居住房成为了日本全国的难题。经过一番周折，日本住宅公团法（1955 年）作为解决这一难题的措施初获成效，“团地”的建设正式开始。这种团地的房间布局采用了所谓的“DK 风格”。

DK 风格的实现过程历经曲折，但其思想创始人之一、“住房规划学之父”西山夘三（1911—1994）在战时到战后的这段时间内，主要在关西地区工作，他通过研究平民使用住宅的方式，得出结论：对于住宅现代化而言，有两种分离是必不可少的。其一是“寝食分离”，这是出于卫生考虑，必须将吃饭和睡觉的房间分开的改善方案；其二是“分开就

1　日语“团地”，是日本战后发展的大规模公共住宅社区，主要服务于城市化进程中新兴的中产阶级。——校者注

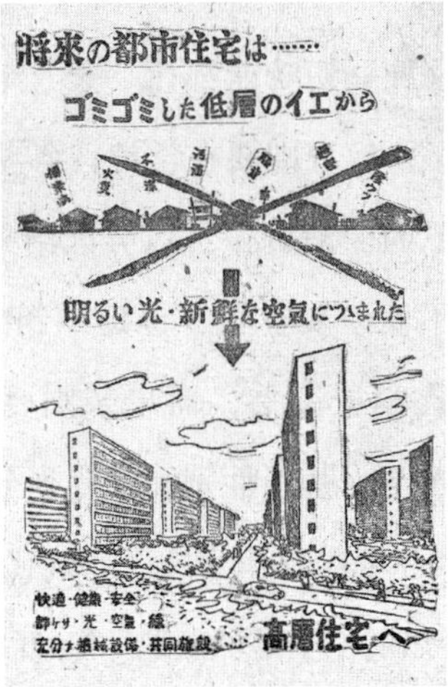

图 1-14　西山夘三

《复兴建设住房规划标准草案》[1]

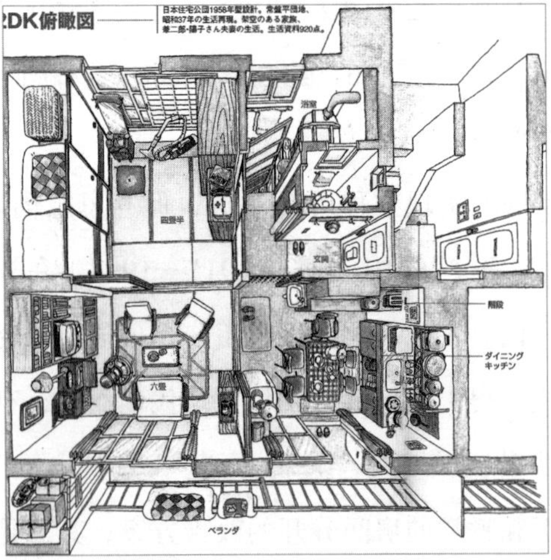

图 1-15　2DK 俯视图

---

1 「復興建設住宅の計画基準案」。

寝”，对于有各种“不便言说”情况的成年人来说，这一提案主张成人与孩子分房睡，这对孩子的教育和心理都更好。

如何将空间分配成有四个房间的现代“田字型”就成了课题。其中一间必须分给玄关和卫生间，其余三间中必须有两间卧室和一间餐厅。“DK”（dinning kitchen）是实现这一目标的最终手段。众所周知，“dinning kitchen”是日式英语，在英语国家，dinning（餐厅）和Kitchen（厨房）是彼此独立的。将这两个房间强行放在一起的不得已的办法——正如房地产广告中把房子写作“×DK”——确立了战后日本的标准。

在经济高速增长时期，日本全国各地兴建的公团住宅在政策的推动下租金低廉，成为极受欢迎的房产，申请者众多，中签率几十分之一。幸运的当选者们兴高采烈地搬进新家，带来了被称作“三件神器”的电冰箱、电动洗衣机、黑白电视机“等各种耐用消费品，在这个空间里实现了令人向往的现代生活。丈夫成了上班族，精神饱满地上班去；孩子也朝气蓬勃地上学去；妻子成了全职主妇，负责支持他们。年轻的核心家庭摆脱了大家庭的束缚，尽情享受了团地生活。

自昭和40年代[1]起，“一户建”[2]这种先建后售住宅（也是以DK式为标配）数量迅速增加，进一步扩大了这种生活方式。如东急铁路沿线的田园调布、阪急铁路沿线的池田室町等，住宅用地开发所基于的以铁路连接工作地与居住地的“田园城市”构想，从大正时期开始便投入建设。但重点是土地买卖，而将土地买卖与先建后售住宅相关联，则要等到如大和房屋的“Midget House”[3]（1959年）那样的，建材与建造方法标准化的预制装配式住宅的出现。预制装配式住宅与公团住宅一样广受年轻夫妇欢迎，汽车、空调、彩电等被称为“新三神器”或“3C”的耐久消费品正在实装进更高档次的城市生活中。由于郊外住宅区的不断扩张，乘坐满员电车进城的“通勤地狱”成为上班族的日常，但即便要忍受这种“地狱”，战后的平民也向往着成为“一户建”的主人。DK风格仍然是战后日本的理想风格，并且是真正的“现代家庭”的容器。

1　即20世纪60年代。——译者注

2　即独栋住宅。——校者注

3　商品名，意为“微型住房”。——校者注

不断改变的和留存下来的（现在）

住房现代化有哪些变化？可以概括为以下三点：①脱离“环境”；②生活＝消费空间化；③情感空间化。换句话说，随着 DK 风格这一均质化空间出现在日本全国，再加上空调的普及，我们逐渐开始忽视住所的地理环境，劳动被社会化到公司、工厂等地，住所也因此成为了生活＝消费的专用场所。而后，失去了劳动，也失去了教育，只作为消费生活场所的家庭，逐渐被认为是符合现代家庭性别规范的情感空间。

然而，认为这种现代化已经以均质匀速的方式在日本全国范围内传播，还为时尚早。沥青会《再访今和次郎的“日本的民宅”》（平凡社，2022）[1]一书中专门探讨了这个问题。结合今和次郎的著作和实地资料，再次走访其《日本的民宅》（1922）中记录的全国 42 处民宅，并确认它们的异同。由此尝试把握百余年来日本住所经历的变化。此次共同调查集结了建筑、景观等领域的专家，笔者也有幸参加，再走今和次郎之路。途中的见闻确实十分有趣。

有些民宅几乎保持不变，留存了下来。在德岛县美波町日和佐所记录的渔民住宅，虽然增加了围墙、厕所等外部

1　瀝青会『今和次郎「日本の民家」再訪』平凡社、二〇一二。

图 1-16　现存的民宅（德岛县美波町日和佐）

图 1-17　倒塌的民宅（埼玉县秩父市）

图 1-18　建于狭长盐田区划上的公寓楼（爱知县蒲郡市）

设施，但几乎是按原样建造的。而埼玉县秩父市的火耕田农户，村里的六栋房屋只剩下了一栋，其余全部倒塌，村中一片凄凉。至于剩下的那一栋房子据说那家人搬到了山脚下的一个小镇居住，只在扫墓等时候回来，进行适当的修缮。其余的房屋似乎都是居民离开村子后倒塌的。人去楼空、不再维护之后的日本房屋是如此脆弱，令人印象深刻。

此外，还证实了土地形态会带来影响。位于爱知县蒲郡市的烧制海盐的小屋，在1959年伊势湾台风灾害后，盐田被填平，现在被用作赛艇场，周边还有异常细长的公寓、停车场等独特的设施。被划分为长方形的盐田，在被填平后，其所有权仍然得以继承，现在的空间利用方式由盐田的形状所定，这些设施便是这样的产物。京都市内，在店家旧址的细长宅基上建造了名为“铅笔楼”的狭长建筑，也是同样的现象。

也有些房屋即使经过改建，依然保留了原始部件。京都市左京区八濑是位于市区东北部的近郊农村，历史悠久，自古以来为市内提供柴火及山珍，同时也在狭窄河谷间建造了许多典型的“田字型”民宅。战后，村里流行将平房扩建成二层楼房，房屋的外观也发生了很大变化。然而，看向建筑内部，我们会发现，原来的柱子和横梁都被完好地保留下来，并用于将建筑改造为一个现代的生活空间。其中，部分居民不忍破坏长年使用的灶台，甚至在有的家中，铺着木地板的厨房正中间会突兀地冒出一个灶台。

图 1-19　改建后的厨房里残留的灶台
（京都市左京区）

图 1-20　使用“2×4 建造法”的“火灶形”房屋
（佐贺市）

此外，还有一些建筑虽然没有留下任何原来的部分，但其风格得以继承下来。在佐贺县白石町的筑后川下游，锅岛藩时代规定了农民可以使用的梁的长度，因此，农民将可使用的最长的梁组装成“コ”字形，以实现建筑面积的最大化，这种名为“クド造り”[1]的“火灶形”建筑的独特风格由此扩展开来。最初，屋顶是用芦苇搭建的，尽管在后来的修复中铺上了白铁皮或换成瓦片，如今也保留着较多的“火灶形”房屋。其中甚至还有使用“2×4建造法”[2]，但屋顶是“火灶形”风格的新建住房。即使房屋本身已经完全更新，在风土中培养出来的风格也在通过不同的材料重现，这一点也十分有趣。

今和次郎的探访和沥青会的回访之间大约间隔了100多年，日本的住房发生了巨大的变化。其中包括脱离环境、生活=消费空间化，情感空间化等。而另一方面，传统的住房几乎保持原状留存了下来，即使不是全部，也有部分保留了下来。也证实了即使房屋本身发生了变化，但其风格仍然保持不变的现实情况。我们的住房在传统住宅和现代DK风格这两个极致的方向之间，有着多种多样的变化。

若考虑到住房是平民一生中最重大的一笔消费，不会轻

---

1 九州地区形似传统火灶的建筑形式。——校者注

2 使用2英寸厚、4英寸宽的木板作为主要建材的房屋建造方式，被视为比采用梁柱结构更现代的建筑方法。——校者注

易作出改变，那么只要房屋没有特别严重的问题，便会采取一种维持现状的保守性倾向，这并非毫无道理。

目前，我们的住房面临着无数的挑战。空置房屋增多、村落空心化、团地区鬼城化、自然灾害频发、城市住房紧缺……无论如何，住房只能作为自然规律与经济逻辑之间的折中点。决定将怎样的“安心”融入其中，需要植根于自然和历史的巧思。我们的“at home”所在何处，寻找仍将无止境地继续下去。

【调查问卷摘录】
“家中的灵域”

今和次郎曾经从地面材料与神佛关系的角度解读民宅历史，让我们效仿他的做法来看看有“灵力”的事物与房屋的关系。如果我们将“灵域”定义为神、佛等非人类存在的空间，那么在民宅中，“灵域”主要存在的地方是：①神龛和佛龛；②用火处和用水处；③玄关和宅基周围；④家宅神社。

即使在传统民宅中，神龛和佛龛也是最标准的宗教装置。神龛和佛龛常带有屋顶，因此也有说法认为它们是神社和佛堂的微缩。但对于平民来说，它们更可能是用来供奉神符和牌位的架子的豪华版。应该有不少人都向佛龛供奉过收到的礼物，或在神龛上放置证书、成绩单等。

神龛/佛龛

我的家在名古屋市，我们祖祖辈辈在同一个地方生活了大约400年。神龛和佛龛均设置在一楼的和室内，神龛设在天花板附近的北侧。正月新年时，会更换神龛上从神社收到的神符，并将米粒、酒、盐和酱油放入一个小盘子里供奉。佛龛是供奉祖先的地方，其中存放着在逝者去世时写下名字的木片。我们会在盂兰盆节、正月新年等重要时刻参拜佛龛，并每隔五六十年，就请专业人员清洗。我前几天刚好送去洗过，佛龛变得金闪闪了。

公寓等DK风格的现代住宅中通常没有预设放置佛龛或神龛的空间。许多学生表示，他们的祖父母家里有，但自己家里没有。神龛只是用来存放神符，能够设置在墙壁或天花板上，因此还算勉强适合现代空间（图片搜索“现代神龛”就能找到各种各样的款式），但佛龛需要有空间存放牌位、骨灰和佛像，因此，要想找到合适的地方，还得费一番工夫。

尽管如此，人们也会因为亲人变故，而在某一天突然需要牌位或佛龛。现代住房再次凸显出，其是以短暂的时间跨度来构想的事物，并未考虑从出生到死亡这一家庭的动态过程。火边和水边也是传统民宅中祭祀神灵的重要场所。其中，水井等用水处的水神会因自来水管的修建而退场，但用火的地方，即便将火灶换成燃气灶，火灾隐患也依然存在。因此，如东北地区的古峯神社、关东中部的秋叶神社、关西地区的爱宕神社[1]等至今仍有很多家庭有着这些地方的防火神符。下面是冲绳的例子。

Hinukan

在我的老家（冲绳县北谷町），Hinukan[2]被供奉在厨房、炉灶的旁边。仅摆放香炉、花瓶、碗等器具，并无神像。祈祷的目的有关身体健康、日常生活等方方面面。小时候，我记得祖母在Hinukan前双手合十，祈愿家人的健康。女性负责进行祭祀，以前是祖母负责，现在是母亲负责。

在玄关、房屋周围以及家宅与外部的交界处，会有各种“灵体”出现。正月新年期间，经常能看到人们在门口摆上门松[3]、在屋檐上挂上注连绳[4]。

1　均为在防火方面较为灵验的神社。——译者注

2　冲绳方言中的火神。——译者注

3　正月期间放置在门口的装饰品，主要使用松枝与竹子。——校者注

4　神道教中用来划定神圣区域的绳子。在正月期间也作为家宅的装饰品，具有驱邪的意义。——校者注

图 1-21　屋檐上多种多样的护符（京都市左京区）

在房屋周围的东北鬼门和西南鬼门方位，常种有辟邪的南天竹，放有具有净化作用的白石。在京都市内，经常可以看到屋檐上的钟馗和屋檐下的祇园祭粽子。野本宽一《屋檐的民俗学》（白水社，1989）[1]一书中介绍了各地装饰屋檐的各种护符，读起来十分有趣。下面是蒜山护符的装饰示例。

粋呑

我的老家在大阪府吹田市，家门口摆放着蒜山地区有名的怪物“粋呑”。传说，“粋呑”知道人类所想的一切，如果有人图谋不轨或给他人添麻烦，“粋呑”就会突然出现，用单腿站立，人瞬间就会被撕碎吃掉。人们认为，在门口摆放“粋呑”能够抵御可疑人员。

1　野本寛一『軒端の民族学』白水社、一九八九。

此外，也有一些老房子会在庭园中供奉家庭保护神。我曾经参观过岩手县大船渡市的一处老房子，里面有佛堂却未设佛龛，但如此规模的建筑属于例外，大部分情况都是小祠堂，有时里面什么物品也没有。名称也多种多样，如土地神、稻荷神等，但作用上大多都是家庭的守护神。各地以蛇为家庭守护神的例子不胜枚举，据说伤害蛇会带来厄运，因害怕其作祟而开始供奉它们，在各地都能看到以蛇为家庭守护神的事例。下面是石川县金泽市关于狐狸的例子。

宇迦祭[1]

每年除夕的早晨，父亲都会到我们家后山上给狐狸一家供奉炸豆腐和红豆饭。这被称为“宇迦祭”。虽然不确定是否是狐狸一家吃了这些食物，但第二天去收拾盘子时，食物总是被吃得干干净净。据说，这一习俗起源于我祖先那辈。当时，有一家狐狸总是作恶，我的祖先和狐狸约好，每年除夕都会给它们食物，作为交换，狐狸也不能再作恶。然而，有一年，我的祖先忘记在除夕时给狐狸送贡品，狐狸一家就来到家中催促他。

1 “宇迦”指“宇迦之御魂神”，是司掌五谷丰登家宅平安的神明，狐狸被认为是其使者。日本并不存在“宇迦祭”这一公认的习俗，应为受访者的家庭惯例。——校者注像这样，传统民宅在各处都与“灵性”有所关联，但现代住宅却很少预设有这样的空间。既可归结于科学理性主义排斥怪力乱神，也有当初所考虑的时间跨度过短的原因。然而，在现实生活中，自然灾害、家庭变故等麻烦是无法根除的，所以人们会用异于传统的方式，布置祈求生活安稳的物件。放在客厅橱柜上或者电视机上方（最近的电视屏幕已经液晶化，越来越薄，上面不能放东西了）的家庭照片等纪念品，继承了佛龛上供奉的牌位、遗像的功能，而在旅行目的地作为当地特产购买的吉祥物之类的东西，也隐约包含着对于安稳的祈愿。现代的灵性可能正在脱离家庭框架，变得更加私人化。

偶像

我的“灵域”就是书桌的顶部。我视偶像圣川真斗[1]为信仰，在书桌顶部摆放了我六年来收集的一部分周边。看着它们，我就会平静下来，得到活下去的气力。顺便说一句，我还有一个许愿符，那是我为了抽到演唱会门票而去神社求来的。此外，我还摆放了一些初高中朋友和学弟学妹们送的专辑，心情低落的时候偶尔会翻看一下。这些东西在我的人生中给予了我莫大的支

1　一位虚拟偶像。——校者注

持，我对它们抱有一种类似宗教信仰的情感。（大阪府大阪市）

如果我们希望自己的住所不仅仅能在物理上遮风避雨，还要有一种“安心感”的话，我们就需要一种能够承接人世间的无逻辑和不合理的装置，无论它是传统的还是现代的。

【拓展阅读】

首先，笔者想推荐藤森照信的《人类与建筑史》（筑摩首推新书，2005）[1]。作者面对古今东西的建筑，将自己独特的设想浓缩成一本不超过 200 张稿纸的面向初学者的新书，适合入门阅读。起点（原始竖穴式住居）与终点（20 世纪现代主义建筑）之间具有统一性，两者之间也存在着多样性，这一类似“两端捻紧的纸包糖球”模型，展现出一部视野极其开阔的人类建筑史。你可能还想阅读关注每个建筑物细节的《建筑侦探》系列[2]。

关于世界各地的住房，小松义夫著、摄影，西山晶绘图

1　藤森照信『人類と建築の歴史』ちくまプリマー新書、二〇〇五。

2　「建築探偵」シリーズ。

的《环游世界各地有趣的家》（福音馆书店，2004）[1]一书十分有趣。作者是一名摄影师，他曾走遍五大洲，领略了木屋、土屋、石屋以及其他根植于各地风土的房屋的独特之处，拍下了清晰的照片。绘本《千奇百怪》系列[2]中也有很多有趣的作品，如果只当作儿童读物就太浪费了。

关于日本的传统住宅，可以通过森隆男编著的《住宅的民俗词典》（柊风舍，2019）[3]精当地概览最新的研究成果。日本民俗建筑学会编著的《照片中的民宅百科全书》（柏书房，2005）[4]也同样有用。民宅研究是一个复合领域，不仅涉及民俗学，还涉及建筑学、地理学、历史学、家政学等，对其他领域的关注是必不可少的。在这一点上，汇集了相关领域的日本民俗建筑学会是有意义的。

关于战后的“团地”，青木俊也的《在2DK住宅区的生活——昭和30年代的再现》（河出书房新社，2001）[5]有详细论述。作者是一名博物馆文博专员，负责了常盘平团地（千

1　小松義夫文・写真、西山晶絵『世界あちこちゆかいな家めぐり』福音館書店、二〇〇四。

2　「たくさんのふしぎ」シリーズ。

3　森隆男編『住の民俗事典』柊風舎、二〇一九。

4　日本民俗建築学会編『写真でみる民家大事典』柏書房、二〇〇五。

5　青木俊也『団地2DKの暮らし——再現・昭和三〇年代』河出書房新社、二〇〇一。

叶县松户市）的常设展，再现了过去的团地生活。该团地由日本住宅公团建设，是日本最早的团地之一。本书以通俗易懂的方式总结了其成果，附有大量插图及照片，生动地描绘了日本经济高速增长期的团地生活。

最后，为了提供思考未来住宅的线索，笔者想推荐堀部安嗣的《思考住宅的要义》（新潮社，2019）[1]。战后，日本的住宅逐渐工业化、标准化，与当地风土脱节，为此感到走投无路的作者设计并建造了一座在面向自然的同时又与现代生活方式相协调的“基本住宅”。住宅是一个“人的五感作为实体被整合，保留着人的记忆，且唤起记忆的能力极强”的空间，正因如此，“什么应该改变”和“什么无须改变”的区分才如此重要。期待作者的挑战能够创造一种全新的“at home”感。

专栏2 从“现在、这里、我”到“走、看、听”

文科和理科专业都会进行田野调查（户外调查），根据学术领域的不同，实际情况的差异也很大。例如，经典民族学（文化人类学）默认的做法是前往大陆深处或远海孤岛，掌握当地语言，然后花至少一年的时间参与和观察“异文化”生活。

1 堀部安嗣『住まいの基本を考える』新潮社、二〇一九。

民俗学又是如何呢？民俗学会从“现在、这里、我”出发，观察自己的日常生活，这就是做学问的第一步。不过，理所当然地，应该逐渐把关注的焦点扩大到自己以外的人、家人以外的人、家乡以外的人，由此来扩大见闻。这就是所谓的“采访”——走访，然后收集资料。也可以更简单地说是“走、看、听”。

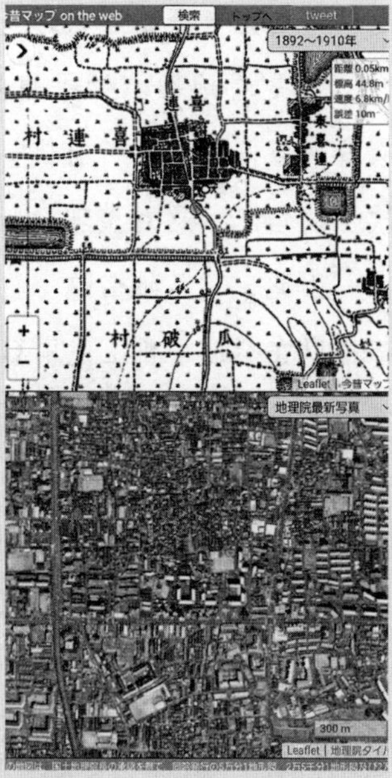

附图 1　参照今昔地图，便可以看出在明治时代濠沟环绕的喜连村的（现大阪市）周边地区就处在城市化中了

本来，“走、看、听”就是我们日常生活中必不可少的生活实践，目的是通过一点点地磨炼这些日常技能，锻炼出能够进行更高水平的分析和思考的学术素养。因此，可以先从日常活动的积累开始，逐渐增加训练负荷。例如，通过有意识地改变每天上班或上学的路线和时间，你可以观察到与平常略有不同的情况。绕远路也很有效，一定会有新的发现在等待着你。

行走——在行走中调动五感来感受空间——是认识世界的第一步，也是认识世界的秘诀所在。你或许会想，这其中有无数需要注意的地方，但笔者在此只提两点。

一是看地图。如果想知道你的五种感官正在感受什么样的空间，那么一有机会，就要接触与体感处于不同层次上的信息，这对整理经验很有益处，也能成为日后的参考。因此，确认地名这一标记十分重要。近年来，任何人都可以在智能手机上使用 GPS 功能，因此参照地图变得非常容易，但笔者希望人们不只是被动地使用地图，而是包括主动筛选应用软件在内，能够积极地开动脑筋。对地质图、历史地图等特殊图层的参照，能够有效地将经验立体化（很多地图可以在互联网上查阅，如“地理院地图”[1]和“今昔地图”[2]等）。

二是做记录。在情况允许的范围内，把行走时的发现都记录下来，将有助于日后的参考和比较。照片、录音、笔记等，什么形式都可以。智能手机是强大的工具，甚至有专门的应用程序用于记录出行路线和其他信息。但另一方面，用纸张和书写工具记录的笔记、草图等的通用性也不容小觑。日后参考这些记录，能够让步行的乐趣增加两三倍。

无论如何，坚持就是力量。坚持行走很重要，所以笔者希望各位在不勉强，又能够享受的范围内，多多开动脑筋。

1 「地理院地図」。

2 「今昔マップ」。

第二章

生计策略

第一节　劳动［生产·生计］

世界由“某人的劳动”构成（基础理论）

当我再次思考“劳动”的含义时，不禁大吃一惊。我们生活在无数“劳动”的包围之中。可以说，我们现在所处的地方、穿的衣服、今天吃的食物等一切，几乎没有一样是我们从头到尾能自己准备的。我们如今使用的物品、享受的服务可以说是无尽连锁的产物，这其中有人制造，有人运输，有人提供中介。除非我们独自生活在远离人烟的山中或孤悬海外的孤岛上，否则，我们接触和看到的世界，就是由无数“某人”的无数“劳动”连缀而成的。

第四次修订的厚生劳动省编职业分类统计了约 17,000 种职业。这一数字已经很大了，但实际的职业数量可能会更多。

这些职业大致分为第一产业（农林渔业）、第二产业（矿业和工业）、第三产业（服务业）三个部门，也可以参照狩猎采集（hunter & gatherer）、农耕畜牧（agriculture & farming）、机械工业（industry）和信息产业（informatics）的产业发展历史划分。

此外，从劳动主体来看，还可以分为本职/副业、体力劳动/脑力劳动、熟练劳动/非熟练劳动等。人为了维持生活［将之称为“生计”（subsistence）］，无法避免以干涉“自然”获得物质和服务的活动［将之称为“生产”（production）］，这些行为费时费力，因而被称为“工作”（work）和“劳动”（labor）。

每个职业都会随着时代和人的变化而变化。例如，日本有名为“海女”的女性潜水捕鱼者，这是一种历史悠久的传统捕鱼方法，但并不是单纯拼体力的工作。为了捕获黑鲍鱼等高级食材，需要对海底生态有丰富的知识，此外，不伤害猎物的细致捕捞技术也至关重要。因此，光靠年轻、有体力是不够的，据说，海女会在积累了经验的三四十岁迎来收入高峰。（另外，由于是个人捕鱼，能够以自己的节奏工作，所以也有不少七八十岁的海女。）

随着潜水衣的普及和冷藏运输的发展，这类海女捕捞会发生变化也是理所当然的。而且，当人们发现“海女”还具有观赏价值，它就摇身一变，成了另一种工作。昭和30年代[1]，摄影爱好者们纷纷涌向东京附近的外房海岸，想要拍摄海女的照片。假日期间还会运行“摄影快车”。海女被要求放下捕鱼工作，成为摆姿势的拍摄对象。即使是在隆冬这种非捕鱼期，也会有人拍摄海女。至于受邀参加旅馆宴会并表演歌舞的“艺伎海女”，则已经与渔业毫无关系了。

无论如何，工作的种类数不胜数，且每一种工作都不得不回应时代和社会。当我们试图重新考虑劳动的理想状态时，有必要基于以下的种种关联性，如：（1）劳动的“对象”到底是生物、物品、人还是信息；（2）处理这些对象所需的“技能”；（3）与共事者之间是横向的连接，还是纵向的序列，这一围绕劳动的“社会关系”；（4）“报酬”，如收获和工资。

例如，能够单独捕鱼并每天尝试不同渔场和捕鱼方法的渔民往往具有创新性和个人主义倾向，与此相对，必须在插秧、割稻、用水等劳动中进行集体作业，且必须以年为周期工作的农民身上可以看到保守主义和集体主义倾向。如果我们仔细观察，自然会发现多种多样的劳动形式，但无论如何，我们不得不承认，“劳动”这一行为在我们的生活中、在我们每个人的生活方式中都占有很大的分量。

世界是由无数“某人的劳动”构成的，我们的生活也是

1　指 1955—1964 年。——译者注

其中一部分。这是一个简单却严肃的事实。

速度这一使命（获取技能）

不掌握技能，就无法开展工作。在此，笔者想根据“亲身体验”的一项有些奇特，但并没有多么了不起的“技能”——“在学生食堂洗碗”——来考虑这一原理性的问题。

那是笔者大一那年的秋天。入学大约半年以来，笔者一直在寻找对学生来说赚钱最快的工作——家教。但笔者后来才意识到，在京都这个学生众多的“大学城”里，如果没有自己的门路，如亲戚或学长学姐的介绍，就找不到家教的工作。“只能拼命赚钱”，抱着这样的决心，笔者敲开了校内中央食堂的大门。

京都大学学生协会中央食堂是日本最好的大型学生食堂之一，位于工学院八号楼（现为综合研究八号楼）的地下一层。销量多的时候，一天能卖出5000份饭菜，在午餐高峰期，每小时能卖出1000份饭菜，十分惊人，其后勤工作量自然也很不含糊。

关于洗碗，用过的餐具要连同托盘一起放在回收窗口的传送带上送达洗碗间，然后，清除垃圾和剩菜，按类型分类，用清洗机洗净。如此描述，洗碗的过程看似极其简单，但一台巨型清洗机让这一作业变得极其特别。这台巨型清洗机有着田径跑道形状的传送带，上面放置的餐具，像“回转寿司”一样旋转，上下方会喷出加入了清洁剂的热水，冲走污垢。据说，这种清洗机十分罕见，整个日本只有两台。当时还很天真的笔者感叹道：“全国只有两台，真了不起啊！”但一位老员工立刻反驳道：“傻瓜！意思是全国只卖出去了两台！”

无论如何，洗碗间的主要任务就是将餐具放入这台奇特的巨型清洗机中。为此，需要分工合作。这项工作由五人小组负责：一个人在“最前排”将餐具分类，一个人将餐具装入清洗机，一个人从清洗机中接收餐具，余下两人职位不定，需要随机应变。这份工作就是夹在传送带与巨型清洗机之间，与巨浪般的餐具进行激烈的斗争，就像讽刺工业文明的电影《摩登时代》(1936)中卓别林所做的那样。让我来说说王牌位置“最前排”的技能吧。传送带会从右向左传送托盘，传送的速度对于归还托盘的人来说慢得令人着急，但对于处理托盘的人来说却不可小觑。

在托盘从面前经过的几秒钟内，他们要将可燃垃圾归入面前的垃圾箱，将食物残渣归入传送带前的流水槽，将筷子、勺子等归入右边的篮子，将其他餐具归入左边的托盘或者可移动水槽，将过脏的餐具归入右边放着热水的可移动水槽。分门别类就是“最前排”的任务。通常情况下，如果连续传送来5个托盘，初学者就会跟不上速度，但在高峰时段，有时会连续传送来上百个托盘。要打赢速度战，需要高效的动作。首先，将餐具上的污渍清除到清洗机可以洗净的程度即可，无须彻底冲洗。处理需要清洗的餐具时，也尽量不做太多动作。另外，与其将茶杯、筷子一件一件地运送到指定地点，不如一次运几件，这样可以缩短双手移动的距离，也能加快速度。掌握的物品组合方式越多，效率就越高。为此，从感觉上把握空间布局至关重要。

如果能像盲眼传球一样，无须一一看着就能够将规定的物品运送到规定的位置，那么就能够省去视线或姿势的移动。简而言之，速度取决于能多快地决定要处理哪些物品、如何处理它们以及运送它们的方向。

写出来可能会让人觉得非常容易，但实际上，要成为一个熟练的洗碗工也得花上几个月的时间，即便如此，途中也有不少人“被淘汰”。影响技能习得的因素有哪些？说是“积累经验”就没得聊了，虽然有些勉强，但如果试着用语言表达，也可以归纳出以下因素。

首先，重要的是周围人的教育意识。洗碗间的员工是乐于指导的。这是因为，如果某位员工做不到位，就会直接导致其他员工的工作量增加。为了避免这种情况的发生，他们在培训新员工上不遗余力。然而，教育方法各有不同，有主动的，也有被动的。被动的教育方法之一就是“不帮忙”。

图 2-1　洗碗（最前排）

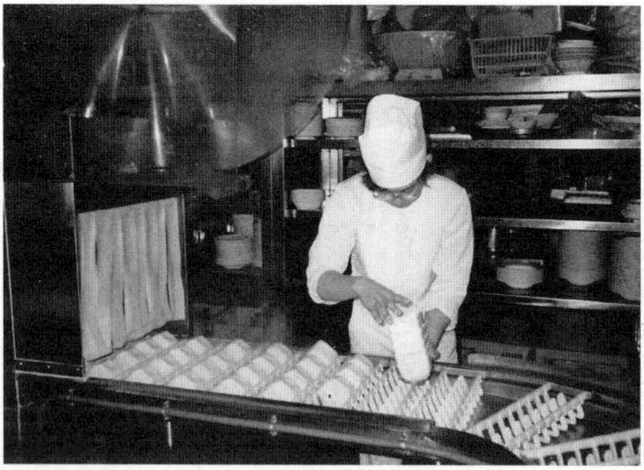

图 2-2　洗碗（接收）

如果问题不大，即使新员工陷入恐慌，周围的人也常常视而不见。这不仅是为了帮助他们习得技能本身，也是为了让他们做好能够独自解决问题的思想准备，这是习得技能的前提。从短期来看，老员工帮助新员工，能减少犯错后的“善后”，工作量是有所减少，但这样的话，新员工永远都无法独当一面。所以他们必须忍受“善后”工作的增加，关照新员工的成长。

主动的教育方法之一是语言干预，它有多种类型。首先是具体地说明技能。例如“将筷子和茶杯放在一起”和“看前面，别看手”等对工作要点的指示。此外，也会告诉新员工“欲速则不达”，给他们打好预防针。而更重要的是表扬。如果新员工能够稳妥地做好工作，老员工会鼓励他们“继续保持！”，如果做得不好，老员工会鼓励他们“再加把劲！”总体来说，这个策略就是夸奖新员工，让他们更有干劲，而适度批评有一定水平的员工，让他们戒骄戒躁。正当笔者以为自己已经做得相当不错时，前辈却说：“你干活太慢了啊！”笔者记得当时很生气，但就结果来看，那句话也激励了笔者更加努力练习。真是完全被玩弄于股掌之间啊。

老员工们就这样千方百计地教育新员工，但能否掌握技能，最终还是取决于新员工自己。这是因为，前辈们的话语、动作、态度当中隐藏了各种各样的“线索”，要活用这些“线索”，新员工就必须学会根据自身情况来化为己用。

语言的解释往往是概括性的，因而与每个个体的具体情况有所偏离。说到底，技能取决于使用者如何应对周围发生的情况。现在，来谈谈洗碗间中最“反直觉”的情况，即“打碎餐具也没关系这一点”生协食堂的餐具由合成树脂制成，硬度高、耐热性强，所以并不像看上去那么廉价。

工作繁忙时，即使是不易摔坏的餐具有时也会被打碎。这种时候，新员工一时间会感到害怕，心想“我可能会被骂”，但周围人并没有责骂，而是表现出了关心，问道：“有没有受伤？”如果没有受伤，那么简单清理一下碎片，就要立刻再次投身与餐具的激烈斗争。速度就是生命。摔坏一两个盘子也没什么大不了的。在肩负着“速度这一使命”的洗碗间里，虽然有些粗糙，但新员工在速度上学到了一身本领。

在玩中工作（技能创新）

事实上，上述解释将获得技能的过程一般化为“非历史性的”，但实际在洗碗间里，仅是笔者工作的四年里就进行了各种各样的“技术创新”。

影响因素有很多。菜单的变化是最大的因素，因为它改变了餐具的类型以及餐具脏污的成因。设备的老化也是重要原因，锅炉温度下降、清洗机功率降低明显影响清洗质量，洗碗间成员对此烦恼不已。此外，成员的变化也不容忽视。洗碗间里共有五名工作人员，一名兼职阿姨和四名兼职学生。兼职学生最久也是四年更换一次，与此相比，兼职阿姨的在职年数要长出很多，可以说是洗碗间里的“精神支柱”。而那位阿姨要退休了，笔者对洗碗间的未来感到些许不安。

光靠兼职的学生能把工作继续下去吗？然而，尝试了一段时间后，反而工作进行得很顺利。原来阿姨只是态度很好，但实际工作效率并不高！

老员工的离开，给了兼职学生一种自由感，其结果就是“玩”。例如，将餐具放入清洗机的工作和接收餐具的工作。尽管这些工作不必像“最前排”那样面对传送带上流动的餐具，不需要随机应变，但仍然需要一定的练习，才能在放置和收取餐具时跟上机器的旋转速度。负责放餐具的人基本上是左手拿餐具，右手放餐具，但此时左手不仅拿着餐具，还要将餐具一个一个分开并递给右手，这是提高速度的要点。负责接收的人也要跟上机器的速度，将餐具拾捡起来，这是一项需要细致的节奏与平衡的技术活。

这些任务本来就有一种游戏性，但兼职学生的自由感进一步增强了这种游戏性。他们开始进行一些看似不必要的“游戏”，如通过组合餐具绘制图案等。准确地说，这些做法不但没有必要，还可能适得其反。为了“玩”，放置和收取餐具双方都要花费额外的工夫。然而，这又不仅仅只是在“玩”。

即便是“玩”也能跟上清洗机的速度，同时负责接收的人也不会因此受到妨碍这是只有对自己的技能十分自信的人才能进行的“游戏”，也是基于对另一方技能的信赖为前提的游戏。“游戏”白热化到了负责接收的人也要故意思考有难度的排列方式。但要重申的是，如果对技能的理解还达不到了解接收方的弱点是什么，那么这个“游戏”就无法成立。由此，也将确实地加深他们对“搭档”技能的信任。

这种“游戏”有时会带来“技术创新”。在此之前，放置的标准是每列四个碟子，现在已增加到七个。简单来看，那就是1.75倍的加速。比速度的“游戏”已成为新标准，从结果来看，处理速度也确实得到了提高。

食堂的顾客看不到洗碗间的内部，因此可以有多种“玩法”。为了参与到这场“游戏”中，学生们的技能得到了进一步的磨炼，对彼此技能和表现的信任也随之产生。能干的成员齐聚一堂时，他们意气风发，而当工作顺利完成后，他们会感到一种独特的兴奋之情。只是洗个碗而已，为什么会如此兴奋？笔者现在想来，那份兼职600到650日元的时薪，放在当时也是很低的薪水，为什么要做这种困难又高水准的工作呢？那岂不是完全被“资本”“驯化”了吗？

但那时，笔者确实很兴奋。一位同样感到兴奋的成员说："不能抱着玩玩的心态工作，但可以在工作中寻找乐趣。"回忆就讲到这里，下面总结一下技能的获得吧。

首先是人际关系的重要性。我们很少独自创造和发展技能，仔细想来，这是理所当然的。在获取技能的某一特定阶段中，独自一人全情投入地练习是可能的，但纵观整个过程，一定会在某个阶段有重要的"他人"参与进来。提出"身体技术（techniques du corps）"概念的马塞尔·莫斯（Marcel Mauss，1872—1950）以"魅力模仿"的概念指出了"他人"在技能习得当中的重要性。只有当人目睹对其来说很"有魅力"的"他人"在某种技能上取得成功时，他们才会有动力去习得该技能。[1]

此外，语言也很重要。教育学者生田久美子指出，在技能习得的过程中，有时会故意使用模糊的隐喻，但这些没有具体所指的语言，反而具备着能够促进学习者主动反思，增强学习者动机的功能。[2] 在思考技能与语言之间的复杂关系时，本书值得一看。

最后，不能忘了环境。通常，当我们想到"技能"时，

---

1 ［法］马塞尔·莫斯：《身体技术》，《社会学与人类学Ⅱ》，有地亨等译，弘文堂，1976年。（M·モース「身体技法」『社会学と人類学Ⅱ』有地亨他訳、弘文堂、一九七六。）

2 生田称之为"技能语言"。见《从技能学习》，东京大学出版会，2007年。（『「わざ」から知る』東京大学出版会、二〇〇七。）

我们会认为它们是实践者身体内固有的东西。这虽然没错，但只解释了一半。这是因为，技能虽然是“习得于身”的东西，但仅靠身体是无法发挥出来的。技能属于“身体”，也属于“环境”。

认知科学家让·莱夫（Jean Lave）和爱丁纳·温格（Etienne Wenger）使用“实践共同体”（community of practice）的概念对此进行了讨论[1]。技能并非是学校教育那样由老师单方面传授给学生的东西，而是像学徒制一样，通过针对特定目标的共同作业，在情境中获得的。换句话说，技能与“工作现场”的各种配备安排、人际关系等环境密切相关。

总而言之，技能是只有实践者的身体与周围的人际和物理环境同步时才能实现的，极具情境性、脉络性和互动性的作用。而“工作”的“一半”就是这样获得技能和不断创新。

1 J. 莱夫、E. 温格:《情景学习：合法的边缘性参与》，佐伯胖译，产业图书，1993年。[J·レイブ & E·ウェンガー『状況に埋め込まれた学習——正統的周辺参加』佐伯胖訳、産業図書、一九九三。（Jean Lave & Etienne Wenger，*Situated Learning: Legitimate Peripheral Participation*, Cambridge University Press, 1991.）]

抵制“黑心企业”(现在)

既然“劳动”的“一半”是获得技能和创新，那“另一半”则是凭借自身的技能获得适当的“报酬”。

这出乎意料地困难。在狩猎采集、农耕畜牧等自给经济中，可以将产品直接用于生活（虽然很难满足生活中的所有需求），但当流通经济成为基础，雇佣劳动普遍化后，人们就必须用自己的劳动交换金钱了。但即便是雇主或用工方，准确评估劳动成果，并支付相应的报酬，也绝非易事。

所谓的“日本式雇佣”就是为了解决该问题的一种方式。[1]在战后的日本，一旦加入一家公司，除非犯下重大错误，否则就能一直工作到退休，而且工资和职位也会逐渐上升。在战后日本，终身雇佣制和年功序列制这两大支柱，主要被大公司采用，作为工作/雇佣方法的标准而成为广泛的理念。如今回想起来，这是在经济高速增长时期才可行的战略，但不可否认，考虑到严格评估每个人绩效的难度，而根据劳动者的工作年限进行平均化的办法，确实在为员工提供稳定性和安全感、增强与公司的团结感方面有一定的益处。

1 ［日］岩井克人:《公司今后会如何》，平凡社，2003年。(岩井克人『会社はこれからどうなるのか』平凡社、二〇〇三。)

然而，所谓的“全球化”却打破了这种模式。交通和通信技术的发展导致空间和时间的压缩，在各种情况下导致商品和服务价格的崩溃，就业也不例外。这就是劳动力市场的自由化。

基于“日本式雇佣”的“努力总会有出路”这一“全民中产社会”[1]的幻想已经轻而易举地破灭了。[2]

取而代之的是“黑心企业”（今野晴贵《吸血企业——吃垮日本的妖怪》，文春新书，2021）[3]。在法律允许的限度内，企业已经“开发”并“实施”了能够实现企业利润最大化的各种手段，如裁员时，将其伪装成员工“自愿辞职”。这种趋势延伸到所有职业，无处幸免。对于个体劳动者来说，与财力雄厚、信息通达的企业抗衡绝非易事。可以说，劳动基准法等劳动法规已成为所有劳动者应该学习的基础知识。无论如何，大多数劳动者无法停止通过工作谋生。那么，应该如何是好呢？当然，没有适用于一切的答案。目

1　指20世纪60至70年代，大多数日本国民认为自己属于中产阶级的社会状态。——校者注

2　［日］玄田有史：《工作中模糊的不安：不稳定的年轻人的现状》，中公文库，2005年。（玄田有史『仕事のなかの曖昧な不安——揺れる若年の現在』中公文庫、二〇〇五。）

3　今野晴貴『ブラック企業——日本を食いつぶす妖怪』文春新書、二〇一一。（简体中文版《吸血企业——吃垮日本的妖怪》，王晓夏译，由上海译文出版社2022年出版。——校者注）

前，我们别无选择，只能继续寻找自己想做的事、能做的事以及世界需要的事这三者的交集。然后，确定自己所获得的技能的“本质”。如果我们能够正确认识自己所创造的价值的“本质”，那么误判交易对象或市场行情的风险也会降低。我们必须继续磨炼技能，学习如何推销它们。因为这是抵制“黑心企业”的唯一途径。

【调查问卷摘录】
“我最拿手的技能”

你最有水平的技能是什么？你是如何习得该技能的？如果问及这些问题，你将得到各种各样的答案。只要技术水平高，不管有用没用都行的话，你会收到一些“无聊”的回答，比如“我可以同时用右手写‘尿尿’，左手写‘便便’”等。这些“无聊”的回答让笔者感到高兴，无论如何，人们习得的技能是如此之多，这让笔者重新想起，我们的日常生活就是由无数的身体技能构成的。首先是单纯的身体能力，比如跑和跳。在出行方面，人们都在想方设法节省时间、避开人群，而在车上打盹已经成为忙碌的现代人的一项有用技能。以下是为了赶上电车而努力的成果。

全速奔跑

即使穿着高跟鞋，我也能全速奔跑。我在距离车站步行五分钟的补习班打工，但从放学到电车发车只有七分钟的时间。由于我不能下课后立即离开教室，所以我总是在“还剩两分钟”时离开补习班。跑到车站只需要一两分钟。如果错过一趟车，那我回家的时间就会发生巨大的变化，所以我会拼命地跑。在几乎每一天的拼命奔跑中，我变得无论鞋跟是 3 厘米、5 厘米还是 10 厘米，都能跑得很快。这技能还挺有用的。穿着高跟鞋跑步时，其他路人会用惊讶的眼神注视着我。

与沟通相关的技能也有很多。毋庸置疑，沟通是社会生活的基础，但保障其顺利实现的不仅仅是简单的信息传递，还包括对对方行为的细致观察，以及对自己印象的不断调整。

善于倾听

我最拿手的技能是假装专心听别人说话。我在初高中时，被迫不断地听别人和我一对一说我毫无兴趣的恋爱话题，由此学会了这项技能。起初，旁边人告诉我，我是面无表情在听的，但现在，我可以在改变面部表情的同时，偶尔做出回应，并表达自己的想法。这项技能可以让我在对方不知情的情况下，忽略一些无关紧要的话，并且可以减少压力以及人际摩擦。顺便一提，我认为的诀窍是偶尔给出否定的回应，以及装出操心的样子。

物品的使用也有很多细微的技巧。出于功利性目的的工作自不必说，即便是不掺杂功利心的玩耍，不，也许正因如此，基于细致观察而形成的协调性动作，才会创造出艺术性的成果。

打水漂

从小学三年级到初中二年级，我做了很多打水漂的练习。只要条件允许，我就能轻松打出超过30个水漂。如果河宽约50米，通常可以打到对岸。我在稻田里、河边、池塘、湖泊等很多地方打过水漂，但最好的还是河边。光把石头扔出去是不够的，还需要考虑石头的形状、扔石头的方式以及风向。选择一块手掌大小、厚度1—2厘米、尽可能接近正圆形且表面较为平滑的石头。基本的投掷方法是棒球的下手投掷法。当石头脱手的瞬间，利用手腕的屈伸施加旋转，这样石头更容易在水上弹起。最好将石头向自己这边倾斜3—5度，并以与水面平行的轨迹投出。此外，为了让石头走得更远，尽量利用顺风。如果条件合适的话，石头会非常顺利地越过水面。石头到达对岸时，我会沉浸在一种难以形容的满足感中。

与劳动相关的技能报告也很有趣，根据对象、人物及情况，需要的技能也各式各样。下面是学生自家农活的报告。

给大葱装袋

我从小学起就帮爷爷奶奶干农活。每次大葱收获时，我们都会把大量的葱装进袋子里。从地里采来的大葱粘着泥土，所以要用水清洗。看看商店里售卖的袋装大葱就明白了，塑料袋的尺寸是刚刚好的，所以很难将湿大葱放入其中。我初中时，在爷爷的教导下，终于能顺滑地将湿大葱放进塑料袋里了。诀窍就是，要用上臂架起大葱，将根部与袋口对齐，将大葱送入袋中它能轻松到达的位置，然后像滤水一样上下抖动袋子，让大葱进到袋子底部。现在我用袋子装大葱的速度是全家最快的。顺便一提，这个方法也适用于装韭菜，但因为韭菜比大葱更细，所以装起来会更难一些。我打算在大学期间把它练到炉火纯青。

最后是从补习学校的兼职中学到的重要一课。

补习学校

我在大阪市内的某补习学校兼职当辅导员，大部分的工作是回答学生的问题。刚开始打工的时候，我太执着于深入浅出，回答一个问题就要花很长的时间。可在定期考试之前，我每天要回答近十个学生提出的问题，根本来不及。然而，我最近开始掌握窍门了。我不需要从头到尾、一五一十地教，而应该告诉学生一般的思路和大致的解答过程，然后让他们自己思考。我发现这是回答问题最快的方式，不仅如此，这种方法还能加深学生对问题的理解。起初，我一天只能回答四五个人的问题，但现在可以回答十人左右的问题了。

教授“一般的思路”，并让学生“自己思考”，这不正是标准的教育/学习方式吗？学习者能动的努力能促进自主性的试错，并有助于掌握技能。而教育者的职责是为此创造环境，重要的是“不要教得太多”，以确保有学生发挥能动性的空间，虽然这可能看起来像是“偷工减料”，但事实并非如此。然而，这比我预期的要困难，而且我很苦恼要如何“点到为止”。看来，笔者也别无选择，只能继续试错。

【拓展阅读】

考虑到世界是由无数的“劳动”所形成，那便有太多值得讨论的内容，实在不知该选怎样的书。首先，如果你想了解工作的种类，可以阅读村上龙所著、滨野由香绘制插图的《13岁的hello work[1]》（幻冬舍，2003年初版，2010年再版）[2]。这是一本用通俗易懂的表述方式和活泼明快的插图向孩子们介绍将来可以从事的职业的佳作。

民俗学中的生计研究围绕着传统的第一产业展开。樱田胜德（1903—1977）研究捕渔业，千叶德尔（1916—2001）研究狩猎，濑川清子（1895—1984）研究家庭主妇的劳动。重要的前辈不胜枚举，但笔者忍痛割爱，在此介绍筱原彻的《与自然共生的技术！生活的民俗自然志》（吉川弘文馆，2005）[3]。

筱原将直面自然的人们所观察到并传承下来的经验性知识的体系视为“民俗自然志”，并脚踏实地地探寻猎人和渔民培养出的独特生态意识，以及植根其中的技术巧思。和

1　hello work即政府就业服务中心。——校者注

2　村上龍著·はまのゆか絵『一三歳のハローワーク』幻冬舎文庫、二〇〇三「新版二〇一〇」。

3　篠原徹『自然を生きる技術——暮らしの民俗自然誌』吉川弘文館、二〇〇五。

“与自然共生的人们”这一常常被赋予浪漫色彩的印象截然不同，作者冷静而具实质性的观察是他备受赞誉的能力。第二产业有各种各样的职业，从传统工匠到近现代的工厂劳动等，也有很多相关的文献。我想推荐小关智弘的《大森一带的工匠往来》（岩波现代文库，2002年再版，1981年初版）[1]一书。在小工厂聚集的东京都大田区从事车工的作者，曾获日本纪实文学大奖，该书是他的获奖作品。从切削出来的零件上极其微小的光泽差异判断技术优劣，其中所展现出的车床技术之深奥，以及凭一身技艺在工厂间辗转谋生的技工们的精气神等，书中生动描绘了支撑经济高速增长的小工厂中人们的喜怒哀乐。

第三产业领域，我想推荐森崎和江的《唐行小姐：被卖往异国的少女们》（朝日文库，2016年再版，1980年初版）[2]。“唐行小姐”是指前往朝鲜、中国等地的妓女，其中不少来自岛原半岛和天草群岛。随着日本帝国的扩张，驻军的城镇获准设立花街，通过事实上的人口买卖聚集而来的女性被派往那里工作。该书倾听她们的声音，仔细追踪她们甚至延伸

1　小関智弘『大森界隈職人往来』岩波現代文庫、二〇〇二[原著一九八一]。

2　森崎和江『からゆきさん——異国に売られた少女たち』朝日文庫、二〇一六[原著一九八〇]。（简体中文版《唐行小姐：被卖往异国的少女们》，吴晗怡、路平译，由格致出版社、上海人民出版社2022年出版。——校者注）

到南洋和美国的足迹，无情地揭示了近代的阴暗面，曝光了延续至今的性交易和禁锢。

最后，关于各行各业日益膨胀的繁琐的手续性工作，可以参考文化人类学家大卫·格雷伯（David Graeber，1961—2020）的《毫无意义的工作》[1]（*Bullshit Jobs: A Theory*）一书。作者认为，在遵循经济合理性上应该被淘汰的徒劳的会议和无用的文件，即“狗屁工作”却仍然存在，这事实上并非因为经济因素，而是政治要求。这些工作并不止是单纯的折磨人，反而乍看起来很受尊重。但实际上，即使是从事这些工作的人也深感不安，不明白自己的工作有何意义。尽管如此，从事这些工作的人还被迫不能让别人知道这一点。这种雇佣形式的扩大，为保住世界上不到1%的“既得利益者”的地位，发挥着有效的作用。

说起来令人难以接受，但狗屁工作越来越多地出现在我们身边。找回工作的自主权无疑是一项艰巨的任务。

1　デヴィッド·グレーバー『ブルシット·ジョブ---クソどうでもいい仕事の理論』酒井隆史他訳、岩波書店、二〇二〇[原著二〇一八]。（David Graeber，*Bullshit Jobs*：*A Theory*, Allen Lane，2018）

第二节　运送［交通·运输］

什么是“运送”（基础理论）

就像有一类住宿生的被炉周围那样，如果我们身边始终齐备生存所需的物品和服务，那么人们可能就不需要移动了。遗憾的是，这种情况几乎不存在。将我们需要的物品和服务送到身边，或让我们自己去靠近它们，“运送”（transport）这一行为对于人类的生存来说是必不可少的。

在此确认一下词意，运送人的是“交通”，运送物品的是“运输”，运送信息的是“通信”。在文化遗产保护制度细则，通称“Attic 文化厅分类”的民俗分类中，“运送”的含义包括了“交通·运输·通信”。事实上，在电信技术出现之前，信息无法脱离人或物进行传播（也有烽火、旗帜、钟声等视觉和听觉的通信手段，但传输的距离和信息量都极其有限），“交通·搬运·通信”三者其实是一体的。反过来讲，通信独立于交通和运输而发展起来，由此可以说这是一个属于通信的近代乃至现代。无论如何，如果重新思考“运送”这一行为，那么我们会发现，从人体大小到地球规模，在各种不同的尺度上，无数的“运送”错综复杂地联系在一起。每一种“运送”都有特定的目的和相应的手段，而这些手段又可以分解为动力、工具、设施、制度等要素。

台北大桥横跨中国台湾第一大城市台北市的淡水河，是连接左岸近郊住宅区和右岸市中心的主要通道。早晚高峰时段，摩托车流绵延不绝，挤满整条道路，被称为“机车瀑布”。

图 2-3　中国台湾街头的小型摩托车

真是非常壮观，不过，中国台湾与日本在动力上（汽油发动机）、交通工具上（小型摩托车）和设施上（道路）的差别都不大，为什么在日本看不到这样的场景呢？原因在于制度，即交通法规。日本的道路交通法可谓以汽车为中心，小型摩托车只能在道路左侧行驶，且小型摩托车以汽车车辆的宽度并排行驶是违反交通法的。

事实上，对于看惯了日本小型摩托车的人来说，中国台湾的这一现象令人惊叹。一车坐两人非常常见，带着宠物，又或是大人孩子一起四人同乘也不稀罕。小型摩托车有成为家庭用车的潜力，但再次重申，在日本看不到这一现象是制度的问题。交通运输是一种看得见的行为，但其背后也有看不见的社会制度在发挥作用。

我们每天都是靠运送来的东西和运送自己来生活的。一想到这当中无尽的连锁关系，就不禁感到头晕眼花。

自然的制约及其解决方法（前现代）

法国民族学者安德烈·勒鲁瓦－古兰（André Leroi-Gourhan，1911—1986）从自然史的视角解读交流的起源，其著作《手势和语言》（*Gesture and Speech*）中也提供了有关人类移动的启发。动物最初就像单细胞生物的鞭毛那样，以移动能力实现高效的营养摄入，但随着变成多细胞生物，且器官进一步分化，它们的感觉器官就集中到了摄取营养的口腔周围（头部的形成），而用来推进的器官如鱼的尾鳍、鸟的翅膀、走兽的腿等则移到了反方向的位置。当这样的身体开始用直立行走时，便具备了能够发展为现代人类的身体条件。

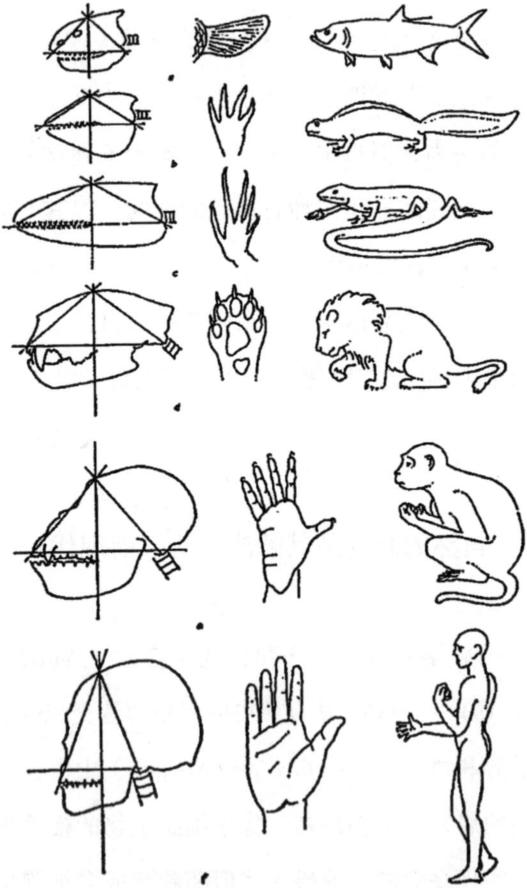

图2-4　安德烈·勒鲁瓦－古兰的“各种功能类型”

通过直立行走，已位于脊柱正上方的大脑获得了增大的可能。前腿，即人的手也从支撑躯干的任务中解放出来，使执行复杂任务和使用工具成为可能。此外，颈部不再需要支撑头部，因此获得了能够实现细腻发音的声带，并发展出了独属于人类的语言。这些因素汇聚在一起，带来了人类智慧和文化的蓬勃发展。可以毫不夸张地说，直立行走使人类成为了人类。由于直立行走成为常态，人类现在能够使用头、肩、背、腰和手五个部位来运送物品。这些部位分别具有以下特征。

头：符合力学的搬运方式。世界各地都有这种做法，通常被认为是女性化的方式。需要一些练习才能稳定地搬运。

肩：能够长时间搬运重物的部位，可使用扁担等工具保持平衡，由此增加单次的负重量。

背：与肩膀一样，是能够长时间承受重物的部位。也可以通过使用背架等工具来稳定，并增加单次的搬运量。

腰：可以借助工具来运送较轻货物的部位。由于其接近手的活动范围，因此常与手工作业结合使用，例如暂时放置采集的物品或工具。

手：一只手可以利用五指、手腕和肘关节进行各种微调，从而可以精细地运送各种形状的货物。但手也因此不适合长时间地搬运重物。

这样，人体就能够根据目的与情况进行各种各样的“运送”。如果是四足动物，除了用嘴叼着之外没有其他办法可以搬运（不能自主地用背部去运载），这就是直立行走带来的伟大变化。然而，人类的力量自然也有其限度。对抗重力和摩擦力来持有和移动物体，人类也常常力所不及。

解决这个问题的方法之一是利用人类以外的力量，在前现代日本陆路运输中，牛和马成为其主力。然而，牛和马作为交通、搬运手段来说，两者性质相当不同。牛行走缓慢，但能承受重物，饲料也只需随手可得的杂草，就像耗油少的轻型卡车，而马的速度极快，但必须喂养得当、精心照顾，就像一辆高档跑车。

关于牛和马的使用情况需要考虑到时代差异、地区差异、社会差异等多种因素，但总而言之，牛是除了人力之外，普通百姓最便捷的陆上交通工具。另一种克服人力局限的方法是，使用减少摩擦的“运载工具”。

出土文物中出现了类似雪橇的搬运工具，如今的一些地区仍在雪上、冰上使用雪橇。另外，车轮能够明显减少摩擦，但需要光滑的路面。例如，19世纪初，连接大津和京都的东海道道路上安装了“车石”，以应对日益增加的交通量。车石是一种板状的石头，上面刻有凹槽，配合车辆的宽度，将它们排列成两排，来形成车轨，使车辆能够顺利通行。然而，雕刻和排列石头需要大量的资金与劳力，据说建造花费了一万两。此外，还需要设施管理，例如在固定时间实行单

图 2-5　车石（滋贺县大津市）

向交通，以防止车辆在轨道上相遇。在前现代，陆路上的大规模运输极其困难。

考虑到这些情况，受身体和自然限制的交通运输便顺理成章地依靠水运交通。让货物漂浮在水面上，就无须人力维持，而且移动货物所需的动力也大大减少。还可以借助风力，即使遇到“逆流”，也可以使用人或牛马拉动的“拖船”逆流而上。

日本列岛河流众多，四面环海，当然要物尽其用，就像京都靠淀川和琵琶湖的水运支撑一样，在前现代，能够承担大规模运输的水路运输成为物流的基础。

因此，前现代时期的移动是一种“麻烦”，除非遇到灾难、战争等不可避免的情况，否则人们不会盲目进行移动。因此，从历史上看，以旅行为生的人们，如翻山越岭寻找木材的木匠，以船为生、从事捕鱼或水运的海民，在各地奔波

图 2-6　海女在沙滩上拉橇（三重县志摩市）

图 2-7　自行车穿过京都御所，压过砂砾所形成的道路

祈祷的宗教人士，唱歌跳舞的艺人等，都被定居者视为特殊的人，他们的到访一方面会受到热烈欢迎，另一方面也会引发各种各样的歧视。要记住，对待“非定居者”的独特心态贯穿于日本这一群岛社会的历史直至今日。

另外，交通基础设施与时俱进，在近世时期，如农民在农闲期外出务工等，平民的流动规模确实地在扩大。到鼎盛时期，超过日本当时人口一成，达 300 万人参加的“伊势神宫参拜”这一平民人口的大流动，是交通史上值得大书特书的事件。或许可以说，移动的难度反过来增加了人们移动的意愿。

铁路带来的种种（现代）

以煤炭为燃料的动力装置，即蒸汽机的发明，为受限于自然的“运送”带来了飞跃性的革新。19世纪初，英国发明家乔治·史蒂文森将蒸汽机车投入使用，能够实现高速的大规模运输的铁路开始出现在世界各地。1872年，日本的第一条铁路，在新桥至横滨之间开通运行。

化石燃料带来的交通革命可以用“从travel到tour”这一命题来概括。据推测，“旅”（tabi）的词源来自“给”（tabe），意思是乞讨食物，而“travel”（旅行）据说与“trouble”（麻烦）同源。由此可见，在前现代，交通就是一件人们以自身的劳顿为代价所进行的“麻烦事”。但蒸汽机将这“麻烦事”变为了人们不必受罪的舒适移动“tour”（旅行）[被认为与‘turn’（回转）同源的‘tour’（旅行）一词中并没有“辛苦”的含义]。由此，才有了现在意义上的“旅游”（tourism），世界著名的旅游指南《米其林指南》，的出版商是一家汽车轮胎制造商，这就是一个典型的例子。

在这里，我想试着重新梳理铁路带来了什么。

现代铁路交通系统不仅促进了运力和速度的提高，而且将人们移动的身体与大地分离，并投入其感知到的快速变化的风景当中，一种被称为“全景化”的崭新身体感觉由此产生[1]。人类第一次体验到了奔跑的马匹或流动的河流所没有的高速。

这种新的知觉可以被视为旅行者和大地之间决定性的分离，但另一方面，瞬时观看被压缩的风景的体验使得人们能够获得对土地和风景的新理解。可以说，在这种现代特有的认知能力的推动下，发现了地区差异并探究其原因的民俗学取得了飞跃。柳田国男在为战争期间被疏散的学童所撰写的《乡土与学童》（朝日新闻社，1945 年）一书中写道："从火车车窗向外看去，能够明显看出，所到之处不同，屋顶的三角形角度也各有不同，但那通常是由于屋顶材料的差异……"[2]书中以学童所见的车窗外的变化为线索，指出乡土研究的要点。火车车窗是民俗学的第一课。

另外，铁路也带来了一种新型的人际关系，即乘客们会在高速移动的封闭空间中近距离接触一段时间。例如，在前现代的海上航行中，乘客是命运共同体，即便是陌生人，花费相应的时间也能够与其建立交情，就像"吴越同舟"的故

1　Wolfgang Schivelbusch. *The Railuay Journey: The Industrialzation of Time and Space in the Nineteenth Century*, Urizen Books, 1979.（中文版为沃尔夫冈·希弗尔布施《铁道之旅——19 世纪空间与时间的工业化》，金毅译，由上海人民出版社·世纪文景 2018 年出版。——校者注）

2　见柳田国男《乡土与学童》《柳田国男全集》，筑摩文库版全集第 23 卷，第 416 页。（柳田國男『村と学童』『柳田國男全集』ちくま文庫版全集 23、四一六頁。）

事一样。

然而，铁路的乘客却没有与他人结交的时间，就这样直接抵达目的地。尽管如此，人们还是被迫在这段时间里密切接触，在尴尬的距离感中备受煎熬。为了解决这个问题，人们新发展出了打盹、阅读等移动中的行为方式（这也促进了便于携带的文库本的出版），但同时也出现了猥亵等新的犯罪行为。这种临时的匿名人际关系以各种方式更新了人们的行为。此外，来自铁路网欠发达地区的学生们似乎还在满员电车上延迟体验早期铁路时代中的困扰。一名来自爱媛县的女学生升学到关西地区，并在那里首次体验了满员电车，她严肃地讲述了自己面前有着陌生大叔面孔的恐惧。

这还不是全部。人们的时间观念也得到了大幅更新。在前现代时期，旅行者和牛马可以按照自己的节奏前进。然而，铁路却不能如此。新桥至横滨线在刚开通时是单线铁路。从新桥出发的下行列车和从横滨出发的上行列车不同步时间，便难以避免碰撞等事故。铁路是一个庞大的系统，所有列车和铁轨都连接在一起，时间的同步对于安全运行来说必不可少。通过这种方式，日本列车的运行常被赞誉为“比时钟更准确”，这也是促进时间均质化的一个要因。[1]

---

1 《按时发车，为什么日本的火车是全世界最准时的？》，新潮文库，2005年再版，2001年初版。（三戸祐子『定刻発車 —— 日本の鉄道はなぜ世界で最も正確なのか？』新潮文庫、二〇〇五[原著二〇〇一]。）

空间的变化也很重要。最初，由于蒸汽机车排放烟雾、飞溅火花的危险性，是避免让铁路进入城区的。但不久，随着蒸汽机车的运输能力逐渐成为支撑城市的基础设施，车站作为城市的门户，明确了其市中心的定位。

此外，由于列车具有运动物体性质，所以铁路应尽可能直线铺设，这就导致城市和乡村的景观都出现了直线结构。

以铁路连接而成的地区网络进一步巩固了国土的统一。我想起了1988年青函隧道开通时的情景。那时，札幌站首次显示了“上野”“大阪”等站名。虽然我没有真正坐上列车，但此处确实地与那些地方相连接，这让我深受感动。铁路使人们对国土的一体化想象成为可能。[1]铁路是一种极其强大的媒介，从微观的身体到宏观的国土，在各种维度上刷新了我们的生活经验。

1 原武史：《“民都”大阪对阵“帝都”东京！——作为思想的关西私营铁路》，讲谈社精选系列，1998年。（原武史『「民都」大阪対「帝都」東京——思想としての関西私鉄』講談社選書メチエ、一九九八。）（简体中文版名为《铁道与天皇：日本近代城市的帝国化》，王笑宇译，由上海人民出版社、光启书局2023年出版。——校者注）

受困于“方便”（现在）

由化石燃料开创的“运送”创新，以及随后汽车、飞机的发明和改进，使得更快速、更大规模的交通网络覆盖整个地球。只要我们有这个意愿，我们甚至一天左右就能到达地球的另一端。这是全球化的一个侧面。

然而，我们应该再次思考，这样的全球化是用什么换来的。日本民俗学者高取正男指出，这是“一种切掉中间的交通方式”（《民俗之心》）。交通工具的速度越来越快，我们对“中途”的意识却越来越淡化。一想到我们对特快列车不停靠的车站、新干线不停靠的地区的模糊认识，便可确知，在我们的脑海中“中间”被切掉了。

高取还表示，更令人烦恼的问题是，庞大的现代交通系统在实质上给我们带来了多少自由。

现代的司机无论自以为多么特立独行，在出行时都无法骑着马穿越山野。能走的道路十分有限，且一旦进入高速公路，在到达下一个出入口前，都必须按照路标指示以一定的速度不停行驶。乍一看，乘坐汽车似乎是一种自由选择，但其最终也意味着我们被更紧密地系于现代机械文明的一环。同样，自明治以来，“我们自负于我们一直在抵御外部压力，不断地靠自己的力量创造或努力创造现代。但我们必须坦然承认，我们身上有很多东西是现代之前遗留下来的，同时在此基础上，我们也被我们自以为创造出来的‘现代’所饲养和驯服”[1]。

现代交通系统速度快、容量大、安全舒适，无疑十分便利。尽管如此，我们得到的便利也反过来让我们被这庞大的系统牢牢捆住。而这一系统可能会由于自然灾害等因素突然间大规模中断。东日本大地震就证明了这一点。大岛育雄（1947—　）被称为“成为爱斯基摩人的日本人”。在此，我想介绍一下他的移动术（《成为爱斯基摩人的日本人》，文艺春秋，1989）[2]。曾作为探险家的大岛，惊叹于居住在格陵兰岛的狩猎采集民族因纽特人（爱斯基摩人），而开始使用狗拉雪橇捕猎海豹。虽然也有雪地摩托等现代交通工具，但大岛并不信任它们。这是因为在极寒的极地地区，雪橇一旦发生故障会直接危及生命。反过来说，狗拉雪橇是一种极其稳定的交通工具，只要给予适当的休息与食物，雪橇犬就可以无限地跑下去。在极端的自然环境下，人与狗合作的狗拉雪橇是相当安全的。

拥有便利但脆弱的庞大交通系统的我们，也许可以重新思考自己是能够直立行走的生物这件事。

---

1 ［日］高取正男：《民俗之心》，朝日新闻社，1972年，第39页。（高取正男『民俗のこころ』朝日新聞社、一九七二、三九頁。）

2 大島育雄『エスキモーになった日本人』文藝春秋、一九八九。

【调查问卷摘录】
“我的上下学体验”

上下班、上下学都需要每天在固定的时间内到达固定的目的地，随着通勤距离和时长的增加，它成为一项需要技术与体力的高度战略性活动。下面，由题为“我的上下学体验”的学生问卷调查来介绍一些乘电车上下学的经历。

即使步行或骑自行车，也要选择合适的路线，摸索交通信号灯的变化时机，还需要能抵抗寒暑、风雪等自然条件的忍耐力。在公交车、电车等公共交通中，在变为以机械提供动力的同时，也需要乘客应对无法自己决定的路线与时刻表。有时，换乘分秒必争，相当惊险刺激。

换乘

离高中最近的车站是南海本线的一个叫北助松的小站，急行列车并不停靠，所以我必须要换乘普通车。我总是乘坐踩点到校的电车，但是比起在跟前的车站换乘普通列车，先经过北助松站，再乘坐从泉大津站返回的列车会更快一些。然而，到达泉大津站的一两分钟后，普通车就要发车了，所以我必须跑着上下楼梯，赶去另一边的站台。

同一所高中的学生蜂拥冲刺的景象，就像一群牛羚过河一样壮观。这一决定学生迟到与否的紧要关头被称为“进攻泉大津”。公共交通中，在车内寻找合适的位置也是一大挑战。下面来看，这位女生所遇到的某种移动的策略。

占座

我在横滨市山手的初高中一贯制私立女校就读，因此，六年来我上下学一直乘坐JR[1]京滨东北线，从大船站到石川町站。离我家最近的大船站是始发站，所以即使在早上我也能找到座位，舒适地度过高峰时段。打算在石川町站后面的横滨站下车的上班族们，十分想坐下，于是他们聚集在穿着某所女子校校服的女生前面，他们知道女生肯定会在石川町下车。车门一打开，中年上班族争先恐后地冲向女中学生的景象很值得一看。

类似的报告还有很多，但另一方面，尽管理论上是可能的，但几乎没有以初高中男生的校服为标志的报告。这是上班族的喜好吗？

以占座为目的还能当成玩笑听听，但对于猥亵女性本身来说，就开不得玩笑了。遗憾的是，有不少关于猥亵女性的

1　日本铁路公司的简称。——译者注

目击和受害报告，而对于在拥挤区域上下班、上下学的女性来说，学习避免骚扰的技术似乎是必修课。

在这种情况下，从2000年京王电铁试行开始，女性专用车厢逐渐在大都市圈普及，从而出现了独特的交通空间。

女性专用车厢

我乘坐京阪电车的特快列车去上大学。清晨的特快列车能让我赶上第一节课，这些列车中就有女性专用车厢，而我是其常客。清晨的女性专用车厢与其他车厢或其他时间段的女性专用车厢不同，车上的女性乘客非常放松随意，平时很在意别人眼光的女性会在车上化妆、吃早餐、叉开双腿、张着嘴巴睡觉。我也因此感到很放松。

移动也是探索空间的机会。车窗向我们展示了不断变化的村落和城镇景象，如果步行或骑自行车，那就可以亲身感受到季节的变化。回家路上可以绕路，进一步扩大认知和行动的范围。移动带来空间意识的深化，这无论是对行人，还是对空间（也即地域）来说都十分重要。下面是乘电车上下学时有关地理语言学发现的报告。

地域性

复读期间，我住在三重县，乘电车前往位于名古屋市千种区的河合塾千种校区上学。从三重县到距离补习班最近的车站要坐一个半小时的电车，但在去学校的路上，我周围的关西话在三重县和爱知县交界处的一个车站变成了标准的日语，这让我感受到了地域的差异，令我印象深刻。

虽然不是去上野车站听家乡口音的石川啄木[1]，但铁路似乎也是一种将地域特色聚合并可视化的媒介。

最后，不要忘了移动也是建立新的人际关系的契机。在出行途中，你可能会遇到陌生人，也可能对陌生的同行者产生亲切感，或者与认识的同行者更加亲近（有时会收到一些只能称其为“青春的一幕”的有关异性交往的报告）。下面是关于走小众路线上学的人们的连带意识。

JRer

在我就读的县立奈良高中，乘坐JR上学的人被称为“JRer”。我也是其中之一。据说，整个年级只有八分之一的学生乘JR上下学，所以自然而然地成了少数

1　明治末期的短歌诗人。——译者注

（大多数人乘坐的是近畿日本铁道）。我所在的吹奏乐社团31个人中只有3个JRer，所以大家一般都只聊近铁相关的事。我们总在近铁新大宫站附近的麦当劳聚会，所以我每天晚上都会独自步行约15分钟，从新大宫站走到JR奈良站。JRer就这样过着有些“卑微”的生活，但不知不觉中与大家成为朋友，逐渐建立了牢固的纽带。

移动是战略的执行，是空间的发现，也是关系的建立。说得极端一些，人生的一切都在我们的移动之中。这也难怪古人说，人生如旅。

【拓展阅读】

我们先来看看今井今朝春主编的《运送：从A到B》（世界写真出版社，2007）[1]。从徒步到高速公路，本书放飞般地挑选了古今东西与“运送”相关的图片，通过展示从独特的头顶运输方式，到巨型军用运输机的装载物资等令人意想不到的图像，突显了“运送”这一行为的多样性。

关于日本的传统交通·输送，神崎宣武《道路的发展与

1　今井今朝春編『運ぶ——A地点からB地点まで』ワールドフォトプレス、二〇〇七。

我们的生活》(共5卷，SAELA书房，1988)[1]一书堪称佳作。本书通过简洁的文字和插图分别介绍了河流、海洋、山道、街道、铁路等五种“道路”以及其物理性的制约和相应的移动方式，让人再次感受到世界的进步与交通的发展同在。摄影记录可以参考须藤功主编的《照片中的日本生活图解指南2：获取和搬运》(弘文堂，1988)[2]一书。

关于从铁路开始的“运送”的近代化，我想介绍的作品不计其数，让人头疼，但如果非要选其一的话，我会推荐宫胁俊三的《时刻表昭和史》(扩充版，角川索菲亚文库，2015)[3]。宫胁俊三是培育了中公新书[4]的著名编辑，也是日本代表性铁路作家之一，他根据自己从小乘坐电车的经历，书写了铭刻在铁路上的社会状况。该书的最后一章描绘了日本战败当天在疏散目的地的铁路景象，是令人印象深刻的杰作。关于随着铁路而发展起来的现代旅游业，我想推荐白幡洋三郎的《旅游推荐：昭和时代诞生的平民“新文化”》(中

1　神崎宣武『道の発達とわたしたちのくらし』全五冊、さ·え·ら書房、一九八八。

2　須藤功編『写真でみる日本生活図引2　とる·はこぶ』弘文堂、一九八八。

3　宮脇俊三『時刻表昭和史』増補版、角川ソフィア文庫、二〇一五。

4　一个著名的“新书”品牌。——校者注

公新书，1996）[1]。

此外，我们也不能忘记汽车的普及化。重信幸彦的《出租车 / 现代东京民俗》（日本エディタースクール出版部，1999）[2]一书中着眼于支持无名的都市生活者出行的出租车是如何像流经城市的血液一样反映城市生态的，描写了从关东大地震后到战时“现代东京”的兴衰。旅游杂志出版事业部主编的《东京公交巴士之旅》（旅游杂志，1994）[3]一书中收录了各领域的写作者们通过社区巴士进行通勤通学、外出购物等活动的乘车随笔。该系列还有续集（第二部），以及京都篇、大阪篇，都极为有趣。

最后，我们不能忘记，不可阻挡的全球经济在实现快速、大容量交通运输的同时，也对自然环境和社会生活造成了严重的破坏。首藤若菜在《物流危机尚未结束——支撑生活的劳动将去向何方》（岩波新书，2018）[4]一书中指出，运输劳动者恶劣的工作环境问题因事故频发等原因而逐渐浮出水

1　白幡洋三郎『旅行ノススメ——昭和が生んだ庶民の「新文化」』中公新書、一九九六。

2　重信幸彦『タクシー/モダン東京民俗誌』日本エディタースクール出版部、一九九九。

3　トラベルジャーナル出版事業部編『東京路線バスの旅』トラベルジャーナル、一九九四。

4　首藤若菜『物流危機は終わらない——暮らしを支える労働のゆくえ』岩波新書、二〇一八。

面，这是制度扭曲所积累出的长期的、结构性的问题，警示我们系统崩溃的风险与日俱增。

依赖着无数的“运送”而生活的我们必须重新思考，这些“运送”究竟是否公正合理。

第三节　交换［互酬/交易］

赠予的“债”以及四种交换（基础理论）

以“结构主义”闻名的法国人类学家克洛德·列维–斯特劳斯（Claude Lévi–Strauss，1908—2009）建议，造访外国时，即使没有时间，也应该去看看当地的市场。这是因为，市场是当地交换“被认为有价值的东西”的地方，是了解那片土地文化的重要参考点。这是发现了“交换”（exchange）是社会根源的列维–斯特劳斯才能给出的高见。事实上，人类几乎不可能靠一己之力生产出生活必需的物品和服务（“财货”），必须要进行某种交换。而且，还可以利用产品、生产周期、生产力的差异来创造收益，交换可以是获取利润的“交易”（trade），也可以是一种工作的“商业”（commerce）。

如果我们关注古今东西的交换惯例，我们会发现许多殊为不同的例子，如不与对方对话的“无言交易”（silent barter）；在冒着生命危险的远洋航行中交换手镯和项链的西太平洋特罗布里恩群岛的“库拉（Kula）；比拼谁的赠礼更丰厚的北太平洋沿岸美洲原住民的”夸富宴（potlatch）等。法国人类学家马塞尔·莫斯（Marcel Mauss）的《赠予论》[1]（*Essai sur le don*，1925）一书中广泛收集了这类例子，并探讨了交换的原理。莫斯认为，无论古今东西，贯穿在交换之中的原理是财货的流动与“债”（debt）之间的相关性。

> 在社会各个方面，将人与人联系起来的物品交换及赠送的发生都基于共同的概念基础。收下礼物，甚至是收下任何物品，是施加给赠予者和授受者双方的一种神秘的、宗教的、道德的和法律的束缚，正是它将两者联系起来。物品来源于一方，由该人制造或获得，并属于该人，因此将获得某种对于授受者的“力量”。如果给予某种利益，但没有事先规定好回礼的方式（无论是法律性、经济性还是仪式性的方式），那么相对另一方，赠予者将占有优势地位。[2]

1 中文版译作《礼物》，汲喆译，由商务印书馆2019年出版。——校者注

2 ［法］马塞尔·莫斯《赠予论·他二篇》，森山工译，岩波文库，2014年，第43页。（M·モース『贈与論 他二篇』森山工訳、岩波文庫、二〇一四、四三頁。）

总而言之，礼物必须被收下，授受者还必须对对方感到“亏欠”，而这种“亏欠感”只能通过回礼来消解，即赠送新的礼物。除非是相当厚颜无耻的人，否则人们都只能遵循这个原理。因此，人们最终会以同样的方式送礼给赠与者，而对方再次收到礼物，会感到“亏欠”并回礼。这样，送礼就成了无休无止的酬应，“亏欠”就无限延续下去，成为了人与人所缔结的社会纽带的根源。

这进一步衍生出三种类型的模式。根据小田亮《结构人类学的领域》（世界思想社，1994）[1]一书，可以发现人类社会存在赠予、分配、再分配和市场这四种基本的交换模式。

“赠与”（gift）使“债务”持续化，是以农耕为生的部落社会所主要使用的交换原则。

“分配”（sharing）是指由众人来分配某人所获得的财货。无论谁最先得到财货，最后都会分配给每个人，因此无需觉得亏欠了特定的某个人。这就是亏欠的“模糊化”。分配是狩猎采集社会中主要的交换原理。这可能是因为在狩猎中，与猎物的遭遇都是偶然的，这样做是最稳定的获取财货的方式。

在日本，也能在许多地方看到将捕获的东西分配给所有参加狩猎或捕鱼的人的习俗。文化人类学家兼作家上桥菜穗

---

1 小田亮『構造人類学のフィールド』世界思想社、一九九四。

子在报告中写到，原本是狩猎采集者的澳大利亚土著居民的孩子们经常在学校考试中告诉朋友答案。他们认为独占自己所获得的知识并不是什么好事。[1]从中可以看出在狩猎采集的过程中培养出来的“分配意向”。

“再分配”（redistribution）与分配似是而非，指的是将财货暂时汇集于某人，然后进行再次分配。重要的是，可用的财货总是来自于分配。因此，人们会对给予者，即汇集财货的人，抱有“无限”的亏欠之情。尽管分配的财货总是少于汇集的财货。这种模式在王权社会成为了主流，对王抱有无限的亏欠之情也是合乎情理的。

最后，还有一种模式，通过“消除”亏欠之情，结束繁琐的关系，从而实现顺利的交换，这就是所谓的“市场”（market）。以“货币”为媒介，进一步加速了市场交换。自不必说，以此为主流的就是现代资本主义社会。

值得注意的是，这四种基本模式实际上是并存于每种社会中的，例如即使是在以市场经济为基础的现代社会，也存在着基于国家税收制度的再分配，还会进行赠与或分配。

正如很难判断所谓的“分享”是分配还是赠与一样，也可能存在难以判断模式的情况。无论如何，财货的移动会产

1　上野菜穗子:《讲述与生活》，讲谈社青鸟文库，2016年。（上橋菜穂子『物語ること、生きること』講談社青い鳥文庫、二〇一六。）

生相反方向的“债”，通过转换这一原理，现实中的各种交换才得以实现。它还定义了人与人之间的关系，正如列维-斯特劳斯所说，社会的根源就是交换。

商业的起源和发展（前现代）

让我们总览一下日本商业的起源和发展。

首先，出现了从“从临时到常设”的趋势。仔细想来，交换就是与“需要你不需要的东西，但不需要你需要的东西”的对象，即一个与你完全相反的“他者”进行谈判。为了支撑与他人的谈判，人们自然会寻求神佛的保佑，自古以来，许多集市都是在祭典时临时设立的。《古事记》和《日本书纪》中出现的海柘榴市（奈良县樱井市）之所以成为进行歌垣[1]的男女相会之地，正是因为那是祭典的场所。京都东寺的“弘法市”、北野天满宫的“天神市”等寺院、神社在吉日开设的庙会市集遍布各地，可以认为这是寻求神佛保佑这一习俗的延续。

人们崇拜这些护佑集市的神佛，还将惠比寿等当作商业的守护神“市场神”而加以崇拜。这些临时市场很快成为三

1　古代男女集体歌舞，表达爱慕的风俗。——译者注

图 2-8　日曜市（高知市）

图 2-9　日曜市的水果店（高知市）

斋集市（每月三次）、六斋集市（每月六次），最后成为常设集市。另一方面，各地仍定期举办集市。以绘本《周日集市》（西村繁男，童心社，1979）[1]而闻名的高知市的“日曜市”[2]，其起源可以追溯到元禄三年（1690年）（“日曜市”的称呼可能是近世以后才出现的）。

从土佐[3]的新鲜蔬菜、水果、鲜花、鱼类等初级产品，鱼糕、天妇罗等加工产品，到农业机械和旧器具等。市集全长约一公里，排列着各式各样的摊位，人满为患。集市也十分受游客的欢迎，为此，高知市的官网主页上发布了一则令人惊奇的提示：“日曜市只在周日举行，全年当中日曜市也不在周日之外举行。”

此外，还出现了“从流动到固定”的趋势。如果集市是临时设立的，那自然就得从其他地方把东西运来。“搬运”和“交换”有着紧密的联系。自古以来就有边走边卖，即行商的行为，而“头顶货物行商”（イタダキ）、“挑担货郎”（ボテフリ）等对行商小贩的称呼，都来源于他们“头顶”“肩挑”的运输货物的方式。为了告知货物的到来，人们设计了独特的吆喝声和伴奏小曲（也许在后世就是晾衣杆

1　西村繁男『にちよういち』童心社、一九七九。

2　周日举办的集市。——译者注

3　高知县的旧称。——译者注

图 2-10　卖佛花的白川女（京都市）

商人[1]吧）。

卖薪炭的大原女[2]、卖河鱼的桂女等来自近郊农村渔村的物资供给支撑着京都，即使在21世纪初期，也能看到向市内的寺庙运送佛花的白川女拉着大八车[3]的模样（虽然现在应该坐轻型卡车）。富山的药商会采用一种名为“置药”[4]的药品销售模式，用多少补多少，再收取相应的费用，这一模式将销售网络扩展到全国，相当有名。

在过去，提供服务也是以行商为主流，这类人被称为

1　晾衣杆商人通常会开着小型卡车载着晾衣杆用喇叭循环播放叫卖音乐在住宅区游走。——校者注

2　指京都附近大原地区的女性，后文的桂女、白川女与此同理。——校者注

3　一种人力载货车——译者注

4　一种将药品留给客人先用后付的药品销售方式。——校者注

“出职”[1]，到现场工作的石匠、木匠、屋顶工等工匠自不必说，制作木制器物的木工、铸铁的铸造师和加工修理铁器的铁匠等也会为了寻找材料在全国到处走动。

据说木工的发源地是滋贺县东近江市的君畑和蛭谷，他们传承着由文德天皇的长子惟乔亲王所传授的木工技艺，他们携带着皇室授予的可以通行各藩国的通行证和伐木许可证（虽然是伪造文书），在各地从事木工。正如“运送”一节中所说，这些流浪者虽然有时被特殊看待并受到歧视，但他们参与了地区间的交流并塑造了日本的列岛社会。

除此之外，还可以看到一种“从兼业到专业”的趋势。临时的移动商贩中，生产者兼任销售者的情况十分常见，例如渔民卖鱼、农民卖菜等。然而，随着商品流通范围的扩大，专业的经商者、商家就诞生了。据说“商店”（mise）一词源自“货架”（misedana），即展示产品的架子，全职的商人开常设店铺的形式逐渐成为一种标准。店家在最适合展示/吸引顾客以实现销售的陈列展示上下足了工夫。在港口城镇、驿站村镇、神社/寺庙附近的村镇、城下町等人们聚集的地方商家聚集，形成商店街，出现了城镇特有的热闹氛围。

此外，商家的出现也发展了同业团体。众所周知，在中

1　原文“出職”，指接受委托出门在外的职业。——校者注

图 2-11　筑地市场的金枪鱼批发

世时期[1]形成了酒屋座和土仓座[2]，即同业行会，他们在努力保证品质的同时，通过制定商业惯例和控制价格，以此保障同行的利益。如此发展起来的商业惯例，外人已经难以窥知。

随着时间的推移，1935 年开业、2018 年闭市的东京都中央区筑地市场以汇集全国各地的海鲜而闻名，尤其是清晨的金枪鱼批发，充满着非同寻常的活力。商家摆放好运来的金枪鱼，中间商快速且仔细地检查质量后，卖家就上台进行拍卖。他们的声音如同歌唱，动作仿若舞蹈，短短几十秒之内就与中间商达成了交易，但外行人完全无法理解这笔交易

1　指 12 世纪末镰仓幕府成立至 16 世纪末安土桃山时代终结的时期。——校者注

2　“座”指的是日本中世时期通过给贵族或寺庙纳税，而受到保护并被承认独家经营权的同业行会；土仓是中世时期类似当铺的高利贷。——校者注

是如何达成的。

这些商业惯例是顺应时代和形势需要而产生的，它们在发挥相应作用的同时，也有一些变得过于复杂化、细分化，因此出现功能失调。克服这些困难的努力就成为商业现代化的道路。[1]

百货商店、超市、便利店（现在）

从商店形态的变迁来概观商业的现代化吧。

堪称现代商业空间之王的百货商店起源于1852年在法国巴黎开业的乐蓬马歇百货公司（Le Bon Marché）。[2]百货商店的特点是消费者可以自由进店，按定价购买商品。反过来说，之前的商店并不是所有人都可以进的，而且价格也会根据顾客的不同而不同。19世纪，西欧正处于帝国主义、工业革命和大众社会兴起的时代，作为这一时代的庆典，以1851年的伦敦为开端，世界各地都开始举办万国博览会。事实上，展示海外商品和面向大众的工业产品的博览会与百货商

1　中村胜：《市场讲述日本现代化的故事》，社会文库，1989年。（中村勝『市場の語る日本の近代』そしえて文庫、一九八九。）

2　鹿岛茂：《发明百货商店的夫妻》，讲谈社现代新书，1991年。（鹿島茂『デパートを発明した夫婦』講談社現代新書、一九九一。）

店的特征非常相似，甚至可以说，常设的博览会就是一种百货商店，临时的百货商店就是一种博览会。展示商品的百货商店（以及博览会）也成为帝国主义、工业革命和大众社会的一种展示。[1]

公认的日本第一家百货商店是1904年在东京日本桥开业的三越吴服店。众所周知，三越最初是一家创立于江户时代的布庄，伊势丹、大丸、松坂屋等许多百货公司的前身都是布庄。另外，由铁路公司创办的百货商店也很多，如小田急、近铁、西武、东急、阪神等，其中促成这一模式形成的是阪急。1910年开通的箕面有马[2]电气化铁路（后来的阪急电铁株式会社）根据社长小林一三（1873—1957）的设想，推出了沿线住宅地开发、在终点站宝塚建设游乐园（1914年创立了后来的宝塚歌剧团）等积极培育铁路使用者的特色业务。

百货商店也是其中一环，1929年，阪急百货在作为终点站的梅田站开业，顶层开设的时髦餐厅成为平民百姓向往的地方。这种在铁路终点站开设百货商店的方法遍布全国，并

1　吉见俊哉：《博览会的政治学与目光中的近代》，中公新书，1992年。（吉見俊哉『博覧会の政治学——まなざしの近代』中公新書、一九九二。）

2　箕面现为大阪府箕面市，有马现为神户市北区。——校者注

一直延续至今。[1]

百货商店在战前就已建立，但超市直到战后才普及开来。日本为了从太平洋战争的彻底失败中实现复兴，以战胜国、占领国美国为范例，在各个领域实行了追赶。在商品流通方面，日本引入了美国式的采取自助服务的零售商店。1957年在大阪千林开业的“大荣”和1958年在东京北千住开设的“洋华堂”（后来的“伊藤洋华堂”），分别在全国范围内扩大了店铺网络，超市也成了家庭主妇购物的固定渠道。用廉价产品赢得消费者支持，并以此为武器向制造商施压，以购入更便宜的产品，零售商的这一经营策略，已成为一股力量，剧烈地改变了从生厂商经多次批发以至零售的商业惯例。[2]

招来不满也是很自然的。因超市的出现而流失顾客的传统商家、商店街联合起来，抵制超市的开业。

《关于协调大型零售店零售业务活动的法律》[3]（1973年制

1　津金泽聪广：《宝塚战略：小林一三的生活文化论》，讲谈社现代新书，1991年。（津金澤聰廣『宝塚戦略——小林一三の生活文化論』講談社現代新書、一九九一。）

2　佐野真一：《魅力！中内功与大荣的“战后”》，新潮文库，2001年。（佐野真一『カリスマ——中内功とダイエーの「戦後」』新潮文庫、二〇〇一。）

3「大規模小売店舗における小売業の事業活動の調整に関する法律」。

定，2000年废止），俗称“大店法”，就是为了调解这一问题而制定的。根据该法，超市开业时，需要与已有的商店街进行事先协商，商店街可以对超市“喊停”了。

在这种情况下，便利店应运而生。它一方面借鉴了已在美国逐渐普及的相似业态，同时在不受“大店法”限制的小规模店铺里打造了囊括各式商品和服务的多功能商业空间。1973年起步的7-11便利店属于伊藤洋华堂旗下，1975年起步的罗森便利店属于大荣旗下，这清晰地表明，便利店是超市的一种进化形式。

如今，便利店风靡全国，可以说已经成为地域的基础设施之一。从全国门店集聚起来的消费者动向的累积，有助于商家开发出精准满足需求的新产品，成为消费趋势的引领者。便利店作为商家与消费者的接点，其地位称得上是坚如磐石，其他实体店难以撼动。

我们能够通过百货商店、超市、便利店等商店形态的变迁，纵观现代的商业史。然后，电子商务的出现进一步改变了游戏规则。

“人格性交换”的消失与重生（现代）

正如人们经常提及的那样，全球化指的是由交通、通讯技术创新带来的时空限制的消除所产生的政治、经济、社会、文化等方面的巨大变革，但由此得到飞跃性发展的是电子商务。亚马逊公司成立于1995年，乐天（Rakuten）起步于1997年。起初，电子商务虽然受到诸多质疑，但并未过多在意这样的审视，转眼间市场规模迅速扩大。在日本，2019年消费者市场规模超过19万亿日元，势头强劲，不可阻挡。

促进电子商务快速增长的原因之一，是所谓的“长尾”市场。虽然有无数的商品，但实体店中可摆放销售的种类却受到物理上的限制，导致店内只能摆出最畅销的商品，而排除其他商品。这些被排除在外，销量不佳，但并非没有需求的无数商品（将这些商品用图表表示出来，很像一条长长的尾巴，因此得名“长尾”），能够上架它们的，便是不受实体店物理空间大小限制的电子商务。

书籍是其明显的受益者，小书店买不到的小众书籍现在可以在网上书店轻松买到。无论住在何处，都能买到各类书籍，这对读者来说是个好消息。但另一方面，小型实体书店却没有能力与备货齐全的大型网上书店竞争。书店纷纷倒闭，没有书店的市镇村迅速增加也是无可奈何的发展。

结果，亚马逊等少数在线平台公司占据了商品流通的顶点。事实上，这些公司能够收集消费者的购买历史，使用人工智能分析大量数据，实现针对每个消费者进行个性化定制的精准广告投放，这实在令人赞叹。网上商店发来的广告，有不少都让人觉得正合心意。甚至还有人对突然收到的母婴用品广告倍感困惑，却在不久后发现怀有身孕。我们的购买历史被用我们所不知道的逻辑进行了彻底的分析，把握了连我们自身都没能察觉到的未来。

只有极少数产品/内容获得爆炸性成功的“头部爆款”现象是以“引发热议”的社交媒体环境为基础的，虽然看起来与“长尾理论”是两个极端，但它同样是由互联网所实现的。而统称为GAFA［谷歌（Google）、苹果（Apple）、脸书（Facebook）、亚马逊（Amazon）］的在线平台本身也可以被称为“头部爆款”。

提供便捷又舒适的服务的平台公司绝非慈善机构，他们积累了搜索、浏览数据等大量消费者个人信息，只要起意，便能够随意滥用。任何资源都需要一定的信息积累/数据库作为“利用”的基础，但目前，这种资源逃过公共监管，由少数盈利企业不透明地管理，这种情况是极其危险的。

跳蚤市场的稳步扩张可能是因为人们无意识中察觉到了这种危机。京都市左京区百万遍知恩寺于1987年在寺庙院落里举行了“手工集市”，是制作者亲自出售食物或杂货等商品的临时集市，买卖双方都逐渐增多，近年来，通过抽签选出约400家生产商开设摊位，每月15日寺庙院内就挤满了购物者。最近的出町柳车站通往寺庙院内的路旁，有着各种各

图 2-12　知恩寺的手工市集（京都市左京区）

样的商业活动，如开设路边摊、通常只在晚上营业的店白天也营业、普通居民家拿出不需要的物品进行无人售卖等。类似的活动遍布全国，可以看出，人们对“面对面买卖”有着根深蒂固的需求。

莫斯在《赠予论》中指出，赠予是伴随着“亏欠感”的人格性交换，而商业的历史一直在朝着消除这种人格性的方向发展。或许是出于对其极致体现的电子商务的反作用，一种堪称人格性交换的“重生”的现象正在逐渐兴起。目前，我们的生活在方方面面仍将由非人格化、理性化的交换所支撑。然而，不能忽视其风险。这可能是在促使人们转向去保护人格性的交换。

交换是社会的基础，是生存的基础。我们能够驾驭交换吗？

【调查问卷摘录】
“我喜欢的商店”

我们要求受访者列出他们喜欢的商店，无论它们是常设店还是临时店，是实体店还是网店。回答中介绍了百货商店、超市、便利店、餐饮店、专卖店等各种各样的商店，让我们再次认识到，我们的生活是由无数商业交易支撑的（此处列举的仅是面向终端用户的交易，另外还存在着更大量的企业间交易）。

我们来看一些有趣的报告。

首先，虽然数量不多，但也有无人商店（英文叫 honesty box，是个好名字）和叫卖小商贩的报告。非专业人士进行的临时、暂设的商业交易是一种赠予的延伸，让人体认到商业的起源。

流动商贩

我家在车站附近的市中心，一位农家大妈每周会来卖几次菜。我奶奶经常从这位大妈那里买菜来做晚饭。也许是因为它们太新鲜了很好吃，当我久违地回家吃饭时，惊讶地发现与我在京都超市买的蔬菜味道大有不同。当你告诉卖家蔬菜很好吃时，他们会很高兴。这也是这种贩卖方式的好处。以前，我家是开旅馆的，也经营餐饮，似乎从那时起就和那位农家大妈有了往来。那时，家里腌了泡菜，大妈来卖菜的时候还剩了一大堆黄瓜，我家人说："我全都买下，都放到那儿吧。"据说大妈当时说道："真是神仙显灵啊！"（新潟县长冈市）

日常生活中免不了购买必要的家庭用品，但选择太多，对于外行来说往往也是一种烦恼。这时，店员对商品的解说就十分重要。

家电店

从我家步行约 5 分钟，就有一家阪神虎棒球队赞助商的家电店。如果只是想买电器，那打开亚马逊就足够了，但这家店里有一位小有名气的店员。那位店员完全没有盈利心，不光是产品的优点，就连缺点也毫不隐藏。当顾客问"日本生产的是不是更好一些呢？"他会回答说："也不见得，因为只有产品的最后组装是在日本完成的，和他国的产品相差不大。"但是他的产品知识扎实、讲解熟练，却从不强行推销产品。我母亲和我奶奶都不熟悉电子产品，但她们对那位店员都大加赞赏。比起网上不知什么人写的评价，我更愿意相信他。

在商业交易中，所谓的"信息不对称"，即卖家掌握更多商品信息的情况十分常见。要如何弥合这种不对称、让买家满意，是达成交易的关键。然而，要在买家需要的时机适当地提供他们想要的信息是非常困难的。在与时尚相关的店中，“希望慢慢挑选，并不想被店员搭话”的要求尤为突出。像这位著名店员一样保持适当的距离感的确是有市场需求的，也正因如此，他才能够为店里的销售额做出贡献。

在与体育和兴趣爱好相关的商店中，买卖双方的关系不止如此，商店更成为买家之间交流的接点，这一社区功能也是这类店家的魅力所在。下面的渔具店就是一个例子。

二手渔具店

在我的家乡东广岛市，有一家只有内行或者说只有常钓鱼的人才知道的中古渔具店，名为“蛙屋”。自从大约10年前开业以来，我和渔友一直是那儿的常客。这家店位于后街旧公寓的一角，老板长得很像长州小力[1]，他一边抽烟，一边推销和维修渔具。蛙屋能以极低价格出售各种渔具，还能以远低于销售价格的超低价收购渔具。像我这样的孩子去卖钓具根本赚不到什么钱，老板会冷冷地对我说：“最多也就100日元左右”。但作为一个身无分文的孩子，能以极低的价格卖出，我已经很感

1 日本一名搞笑艺人。——校者注

激了。那一段在紫烟弥漫的店里挑选钓具，与老板和其他渔友聊天，然后去钓鱼的日子是我在京都所无法体验到的最美好的经历。

书店对学生、研究人员来说是基础设施之一，但近年来环境发生了显著变化。好消息是，数字书店的出现，让人们在全国各地都可以买到想要的书籍，但另一方面，由于出版业长期不景气，实体店数量持续下降，如今没有书店的市镇村不在少数。不读书，就不知道书的内容，可以说是极端信息不对称的商品，因此碰巧被书的装帧所吸引之类的偶然性具有重要的意义。无论新书旧书，实体店作为提供相遇的场所都有着重要的作用。

旧书市集

我最喜欢的是京都每年举办3次的旧书市集。来自京都、大阪的二三十家旧书店会参加，可以淘到平时难得一去的书店的商品。旧书市集的一大魅力是，设有较便宜的“特价书架”。像这样的大型旧书市集有着能够让人看到、感受到“知识世界的扩展”的功能。在图书馆里，书籍是按照分类排列的，所以从某种意义上可以预料到有什么书。然而，在旧书市集上，是以书店为单位设置书架，每个书店都有自己独特的排列方式，从头按顺序看过去，你会发现自己面对着一种混乱。然而，正是这种混乱，给人一种“扩展知识世界”的感觉。

最后，数字化对于“交换”的影响并非是单一地去人格化的，让我们在下面的报告中确认这一点。

自由市场App

我最近开始使用自由市场App。我不喜欢网上购物，但我想出售一些不需要的物品，所以一位朋友向我介绍了这个App。起初，我感到不放心，还有些害怕，但是一旦开始使用，我就能通过文字交流和看不见的人买东西，也能卖掉我想卖的东西，这个循环让我感到非常轻松。去实体店和店员交谈也很好，但是这个了不起的App能让我在做其他事情的同时买东西，还可以听到穿着舒适度之类的反馈意见，十分令我感动。现在这个App已经成为我最喜欢的“商店”。

电子商务的扩张将统称为GAFA的巨型平台公司推上了不可撼动的地位，但与此同时，以数字为媒介的最终用户之间的新的交换形式≈共享经济也逐渐显示出存在感。今后，我们需要密切关注这些机制最终是否会转变为集权化平台，又或者，它们是否能作为分权化网络，成为集权化交易的替代方案。

人类是为了生活而进行交换的。不要让生活被交换摆布。

【拓展阅读】

商业的历史始于临时的、暂设的、非专业的，但营造出这种氛围的定期集市至今仍然在各地存在。池田进一的《东北早市纪行》（Kobushi 书房，2014）[1]是作为摄影师的作者根据自己所掌握的少量信息走访全国各地早市并拍摄的作品。从充满旅情的视觉材料中呈现出只在当地才有的稀有野菜、鱼鲜的买卖情形，以及它们如何支撑了地域的生活。

为祭典增添热闹气氛的庙会集市，也是定期集市的一种。厚香苗的《江湖商人从何而来——探寻街头小贩生意的近现代》（光文社新书，2014）[2]一书中，近距离观察了书中主角——江湖商人的生计。经过扎实的调查，发现那些来历和身份不明的摊贩，实际上令人意外地就住在附近，配合着祭典的日程，移动到附近摆摊营业。

虽然江湖商人也是如此，但"运送"和"交换"密切相

1　池田進一『東北朝市紀行』こぶし書房、二〇一四。

2　厚香苗『テキヤはどこからやってくるのか？——露店商いの近現代を辿る』光文社新書、二〇一四。

关。山本志乃的《流动商贩列车：追寻“罐头部队”》（创元社，2015）[1]一书描绘了被称为“罐头部队”的背着各种各样锡罐头坐上列车的小贩们，他们的罐头里装满了蔬菜、鱼、糖果、杂货等各种产品。令人惊讶的是，将制造方和买方联系到一起的不是女性纤细的手臂，而是她们的后背。

商业因其变得常时、常设和专业，而创造出了独特的商人文化。文化人类学家西奥多·C. 贝斯特（Theodore C. Bestor，1951—2021）的《筑地》（和波雅子等译，木乐舍，2007）[2]一书是作者对世界最顶级鱼类市场——筑地市场（东京都中央批发市场筑地总场）进行田野调查的成果。本书揭示了被称为“鱼类专家”的中间商如何以丰富的知识、扎实的技术和精湛的协作支撑市场，从而快速、安全地提供种类繁多的鱼类。

话说回来，要购物，首先要有钱。经济历史学家小岛庸平的《消费贷的历史！消费者金融与日本社会》（中公新书，2021）[3]揭示了如月供、当铺等支撑普通百姓家计的金融历史，

---

1 山本志乃『行商列車——＜カンカン部隊＞を追いかけて』創元社、二〇一五。

2 [テオドル·C·ベスター『築地』和波雅子他訳、木楽舍、二〇〇七[原著二〇〇四]。(Theodore C. Bestor，*Tsukiji*: *The Fish Market at the Center of the World*，University of California Press，2004.)

3 小島庸平『サラ金の歴史——消費者金融と日本社会』中公新書、二〇二一。

并指出，有“三种神器”之称的家电制品不少是借债购买的，在“日式雇佣制度”下被迫投资麻将、高尔夫等“人际交往”的上班族成了消费金融公司的顾客等。该书是一本从金融角度看待战后普通民众生活变化的佳作。

最后，作为抵制资本主义无休止扩张、寻求回归人格性交换的提示，笔者想推荐雷切尔·博茨曼（Richel Botsman）和鲁·罗杰斯（Roo Rogers）的《共享：由“共有”创造商业的新策略》（小林弘人监修、解说，关美和译，日本广播出版协会，2010）[1]。正如迅速发展的Airbnb那样，将拥有空置房屋的人和想要租房的人通过网络联系起来，互联网有可能设计出具有终端用户主体性的交换方式。该书重点关注数字化特有的“共享”，告诉我们并非只有GAFA这样的巨型平台企业才是互联网经济的唯一未来。

专栏3　培养敏锐的观察力

“眼睛从实地考察的一开始就在发挥作用，即使在远处也能派上用场。村庄、房屋、衣服以及其他我们研究

1　レイチェル·ボッツマン＆ルー·ロジャース『シェア―― <共有>からビジネスを生みだす新戦略』小林弘人監修·解説、関美和訳、日本放送出版協会、二〇一〇。(Richel Botsman & *Roo Rogers*, *What's Mine is Yours: The Rise of Collaborative Consumption*, Harper Business, 2010.)

资料中通过眼睛收集的东西是很多的。”[1]。正如柳田国男所说，实地考察的第一步是“观察”。上一篇专栏中提到，“观察”与日常活动具有连续性，所以由此循序渐进即可。在附近散步，或上下学、上下班的路上，只要留心，就会有意外的发现。[2]

然而，我们不能忘记，“看到”并不等于“理解”。我们会发现，平时看惯了的建筑物改建后不久，我们就想不起它原来的样子了，同样，“看到”了，但“没有注意”“没有理解”的情况不在少数。因此，学会培养敏锐的观察力是很有必要的。

例如，说出你能看到的尽可能多的事物的名称。涩泽敬三是著名的民俗学赞助人，他和宫本常一等同志者们尝试着做“图像索引”，也就是写出绘卷上物品的名称[3]，对着现实的风景也可以这么做。无论你将眼前的物体称为“房屋”“民房”还是“町屋风格的商铺”，其清晰度都会根据你如何训练眼睛而变化。除非你在沙漠或雪原中，否

1　柳田国男:《民间传承论》，共立社，1934年，筑摩文库版全集第28卷。(柳田國男『民間伝承論』共立社、一九三四「ちくま文庫版全集28」。)

2　赤濑川原平等:《路上观察学入门》，筑摩文库，1993年。(赤瀬川原平等著『路上観察学入門』ちくま文庫、一九九三。)

3　涩泽敬三编著:《绘卷中的日本平民生活图像索引》全五卷，角川书店，1964—1968年。(渋沢敬三編著『絵巻物による日本常民生活絵引』全五巻、角川書店、一九六四～六八。)

则要列出你看到的事物可能是一件相当烦琐的事，但空闲时挑战一下会很有趣。

另一种有效的训练是确定“主题”。无论是观察窗户、招牌或行道树，带着自己的主题走走看看，你分析景观的能力将会大大提高。拍摄以工厂和团地为主题的作品而闻名的摄影师大山显，就建议根据特定主题进行多次影像收集。这就是眼力的千锤百炼。笔者尝试着观察了屋檐下的御守护身符、小巷中的迷你鸟居（防止随地小便的物品）、街角的地藏菩萨小祠等事物，随着次数越来越多，笔者逐渐能够预测它们出现的地方，也切身感受到城市漫步的准确度有所提高。

设定一个普遍存在但又有变化的主题需要花费一些工夫，但一旦定下主题，你就可以在大多数地方享受散步的乐趣，所以笔者十分推荐这么做。

最后提一下笔者创作的京都城市漫步宾果。这个游戏以京都特有的物品编排设计，这么说有点过意不去，但它需要玩家具备中级程度的路上观察能力。希望大家都能尝试全部完成它。

附图2　京都城市漫步宾果

第三章 关系构筑

第一节　血缘关系

家庭：连接自然与文化的媒介（基础理论）

本章将探讨“社会组织”（social organization），简言之，即“人与人之间的联系”。人类经历的第一个联系可能就是“血的联系”即“血缘”（严格来说并不是血而是DNA的联系）。由于人类是通过两性结合而诞生的，因此无法摆脱血缘关系。即使是“非婚生子女”，也与血缘关系密不可分，因为“非婚生子女”这一概念本身就是基于婚姻这一血缘制度来界定的。这便是当我们思考“血缘关系”时，在某种程度上会受到“自身血缘关系”局限的原因。要深入思考血缘关系绝非易事。

在社会科学领域，对血缘关系的研究被称为“亲属关系研究”（kinship studies），俗称“圆圈与三角形”。因为亲属

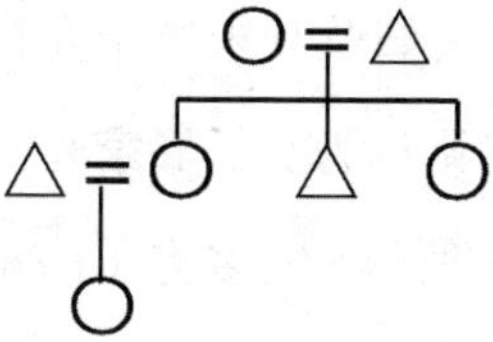

图 3-1 亲属关系图

关系研究中不可或缺的亲属关系图，是以代表女性或男性的圆圈（○）和三角（△）来绘制的。圆圈和三角形之间的关系只有三种：亲子关系、婚姻关系、兄弟姐妹关系。圆圈和三角通过这三种关系所形成的连接，理论上可以无限追溯，但我们在日常生活中并不会去那样认知。我们通常使用各种指标来界定“血缘关系”的范围，例如：

—— 与祖先的关系（父系、母系、单系、双系）

—— 从任意个体（自我 ego）视角出发的关系（父方、母方、双方）

—— 居住方式（父方居住、母方居住、独立居住）等

因此，尽管血缘关系建立在生物学事实之上，但其性质会随着时代、地区、社会阶层等因素而持续变化。因“本该如此”这一先入为主的观念而误认现实的情况常有发生，虽然很啰唆但血缘关系是一个很复杂的问题。

“家庭”是血缘关系纽带的中心。“核心家庭”（nuclear

family）指仅由一对夫妇及其未婚子女构成的家庭，而包含多个婚姻关系的家庭则称为“扩展家庭”（extended family）。美国人类学家乔治·彼得·默多克（George Peter Murdock, 1897—1985）提出了“核心家庭”的概念。在第二次世界大战期间，默多克以研究军事情报的名义，在海军的支持下建立了“人类关系区域档案”（human relations area files, HRAF）数据库。

通过对世界各地亲属组织的比较研究，默多克发现尽管家庭形式千差万别，但“核心家庭”作为家庭的基本单位是一个普遍存在的现象。默多克认为，“核心家庭”具有以下基本功能：

1. 性与生育功能
2. 社会化功能（教育）
3. 经济功能（基本消费）

简而言之，就是一对夫妇生育子女、教育子女，并为此进行必要的衣食住行等基本消费活动。虽然也有学者对核心家庭的普遍性提出质疑，但无论如何，我们可以确认“家庭”这一社会组织是普遍存在的。既然如此，就应该存在一个解释其必要性的普遍理由。从结论上来说，这个理由就在于家庭的媒介功能——它是连接“社会”与“个人”、“自然”与“文化”的中介。

就“社会”与“个人”而言，人类并非一出生就能作为社会成员而行动。人类新生儿是仅凭自身无法完成任何事情的无力存在，没有他人的帮助就无法生存和成长。要将这个脆弱的新生儿培养成为社会的一员，“家庭”是不可或缺的过渡。从另一个角度来看，这也是“自然”与“文化”之间的媒介。仔细想来，家庭与人类作为“生物”的一面关系更为密切。例如，我们在外人面前放屁会感到羞耻，但在家人面前却不会如此在意。如果家人对此提出指责，我们反而会感到不快。

此外，我们已经完全忘记了自己在意识形成之前的经历，但婴儿会啼哭、会号叫、会发烧、会呕吐、会失禁，可以说，抚育儿童就是在“屎尿”中接纳新生儿这一“生物个体”的过程。这项工作理应由家庭成员来承担。从夫妻之间的性行为也可以看出，尽管生殖和排泄都是生物必需的活动，但人们却不敢在公共场合进行。若不如此，“社会”就无法维系。另一方面，人类又无法否定其作为“生物”的一面。“家庭”因此成了一个媒介，通过将人类“生物性”的一面保留在“家庭”内部，避免了这些要素进入“社会”，从而使“社会”得以作为“社会”而存在。“家庭”这一社会组织的根本作用在于充当庇护所或安全阀，安全地封闭人类的“自然性”，使“社会”得以可能。

“家”作为整体（前现代）

日本的家庭被称为“家”（ie），但严格来说，“家”具有多重含义：

1. 作为建筑物的“房屋”（house）
2. 具有血缘关系的“家人”（family）
3. 作为经济实体的“家庭”（household）
4. 作为生活场所的“家”（home）

这些含义都可以用“家”来概括。“家”是包括了所有这些的总括性概念，“家”就是“整体”。

虽然“家”的词义多样且内涵丰富，但普遍认为它由三个要素构成：

1. 家产
2. 家系关系
3. 祖先祭祀

家产是维持家庭生活所必需的物质基础，它按照家系关系由亲代传给子代，再由子代传给孙代。继承了家产的子孙则要祭祀留下家产的祖先，这就形成了一个基本模式。民俗学家柳田国男对此做出了如下论述："祖先历经艰辛开垦的沃土良田，传承给子孙后代，使他们得以享受天地恩泽。这种关系使子孙后代对祖先的恩泽产生感恩之情，与追溯人类自然本源相连结，由此形成了自古以来的先祖崇拜。"柳田还指出，这三个要素的相互关联源于水稻耕作这一生产方式（《农政讲座》2-4，"农村家族制度与习俗"，1927—1928年）[1]。

通常认为"家"具有稳定性，但实际上它们在不断变化。家会因各种因素而发生变化，包括：

1. 家庭成员的出生和死亡

2. 通过婚姻和收养增加新成员

3. 因继承、分家和隐居而发生的家产和成员的重组等

例如，即便是由亲、子、孙三代人共同生活的大家庭，如果孙代结婚或亲代去世，家庭可能会暂时转变为核心家庭。在前现代时期，因自然灾害或饥荒导致家庭离散的惨剧

1 ［日］柳田国男：《柳田国男全集》，筑摩文库版全集第12卷，第479—480页。（柳田國男「農村家族制度と慣習」『農政講座』二～四、一九二七～二八、『柳田國男全集』ちくま文庫版全集12、四七九～四八〇頁。）

也并不少见。家庭发生变化，有时甚至会导致绝嗣。正因如此，希望家系永续的心理反而变得更加真切。

提到传统的“家”，人们可能会联想到“大家族”。其中最著名的是飞騨白川的大家族。1911年，当时还是法学院学生的经济史学家本庄荣治郎（1888—1973）在《京都法学会杂志》（1911年第6卷第3期）[1]上介绍了他们，引起了学术界的广泛关注（过去的学生真不得了啊）。白川村的御母衣/远山家族的族谱可以说是日本家族研究中最有名的案例。从族谱中我们可以一目了然地看到，其中有异常多的家族成员被标注为“私生”。但这绝不意味着男女关系混乱。仔细审视族谱就会发现，除了嫡系，即户主配偶以外的女性所生的子女都被列为“私生”。换言之，除了户主夫妻之外的关系都不被视为“正式婚姻”，实际存在的“婚约”关系虽然得到认可，但子女则归属于女方娘家。

日本女性民俗学的先驱江马三枝子（1903—1983）对这种存在大量非“正式婚姻”的大家族的育儿状况做出了如下描述：

> 那么，这些女性生下的孩子会如何呢？虽然这些女性没有建立自己的家庭，但各自都有配偶，因此陆续生

1 『京都法学会雜誌』六卷三号、一九一一。

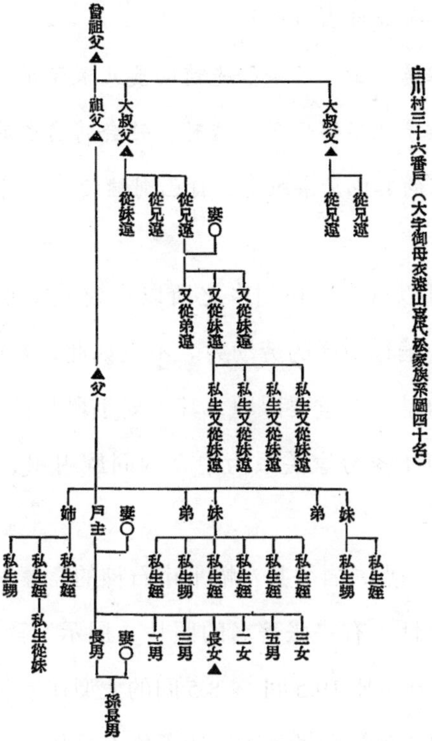

图 3-2　白川村的大家庭

育了许多子女。别说三五个孩子，一个人无所顾忌地生十个左右，也不是稀罕事。在农忙季节，檐廊下会摆放六七个装有婴儿的“摇篮”，排成一列，形成一道独特的风景。母亲们下地劳作回来后，都会给婴儿们喂奶，但她们的做法颇为特别。回到家的母亲，不论是谁，首先会给正在啼哭的婴儿喂奶，而不在乎那是谁的孩子。啼哭的婴儿吃饱后安静下来，如果这位母亲还有奶水，就会再去喂自己的孩子。

但是，由于已经给先前的婴儿喂了很多奶，有时自己的孩子就不够喂了。这时，她会将自己的孩子交给后来返家的其他母亲照看，自己则继续去田间劳作。[1]

因此可以认为，白川乡之所以形成大家族制度，是为了确保这一偏远山区的劳动力。不仅如此，在前现代时期，确保劳动力是一个重要课题，其主要手段是扩大亲属组织，例如组建以本家分家关系为中介的同族组织、组成家族同盟等。

关于这一点，岩手县八幡平市石神的斋藤家族在研究史上极具代表性。有一张著名的照片，展示了斋藤家族的30名成员聚集在一座19.5间[2]×8.5间的大型住宅前，其中不仅包括户主的子孙等亲属，还包括了仆人及其子女等非亲属成员。这些人都在户主的统筹下参与家业经营。社会学家有贺喜左卫门（1897—1979）在《日本家族制度及佃农制度》（1943）[3]等一系列著作中，深入考察了斋藤家族，在能够包含

1 ［日］江马三枝子《飞驒的女性》，三国书房，1942年，第165—166页。（江馬三枝子『飛騨の女たち』三國書房、一九四二、一六五～一六六頁。）

2 1间约合1.82米。——译者注

3 有賀喜左衛門『日本家族制度と小作制度』一九四三。

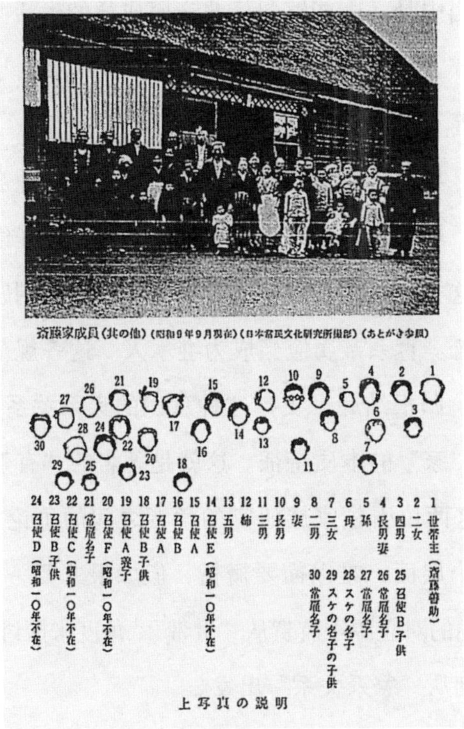

图 3-3　斋藤善助家

非亲属的生活共同体这一点上，发现了日本之“家”的本质特征。有贺基于大量材料的论述，对日本的家族研究、村落研究都产生了重大影响。

另一方面，在这一领域同样做出重大贡献的社会学家喜多野清一（1900—1982）指出了有贺理论的不足之处（《家与同族的基础理论》，未来社，1976）[1]。尽管可以认为家庭在

1　喜多野清一『家と同族の基礎理論』未来社、一九七六。

实际生活当中是一个能够包括非亲属成员的生活共同体，但成员的归属方式并不一致，而是由直系、旁系、雇佣关系、世袭家佣等不同关系决定。

例如，如果让一个不务正业的儿子继承家业会导致全家流离失所，那么不如让一个稳重可靠的管事担任继承人来维系家业。这类故事之所以能成为扣人心弦的戏剧题材，正是因为存在着“直系亲属应当成为继承人”这一规范意识。喜多野认为，归根结底，支撑这种意识的家系关系才是“家”之所以为“家”的本质特征。这就是著名的“有贺与喜多野之争”。这两位引领家族研究的学者之间的争论涉及实证、理论等多个层面，难以简要概括，但如果非要一言以蔽之，可以说他们的对立源于有贺从“世带”[1]角度来探讨家的特质，而喜多野则从“家系关系”出发。

根据时代、地区、社会阶层的不同，日本的“家”无论作为理念还是作为现实都呈现出多样性，而且它们之间的对应关系也错综复杂。在每个“家”中，家庭经营与家系关系的优先程度会根据当时的具体情况而摇摆。有多少个家族，就有多少种不同类型的家，即便如此，它们都统一用“家”这一概念来表述。其复杂性是必然的。

1　指作为一个生活单位的家庭与中文语境中的“户”相近。——校者注

工业社会中的家庭（现代）

现代改变了“家”。简而言之，“家”演变成了“现代家庭”（modern family）。当然，这一转变过程会因地区、职业和社会阶层的不同而有快有慢，且并非呈线性发展。然而，从宏观角度来看，认为“家”将演变为“现代家庭”这一判断基本成立。

让我们来明确“现代家庭”的特征。[1]

首先，是公共领域（生产）和家庭内领域（消费）的分离。工作在家庭之外进行，只有饮食、休息等消费活动发生在家庭内部。这就催生了工作日在外奔波、节假日在家懒散度日的父亲形象。

其次，是“男主外、女主内”这一性别角色（gender）的确立。这意味着丈夫在公司或工厂工作，妻子则留守家中料理家务。在这种情况下，丈夫的劳动可以通过工资被具体量化，而妻子的家务劳动却因无报酬而成为无形的付出。奥地利思想家伊凡·伊里奇（Ivan Illich，1926—2002）将这种现象称为“影子劳动”（shadow work），并批评它是资本主义制度特有的一种剥削形式。

1　落合惠美子:《现代家族与女性主义》，劲草书房，1989 年。（落合恵美子『近代家族とフェミニズム』勁草書房、一九八九。）

最后，是以儿童为中心的情感关系得到强化。与前现代的家族是为了家业而接纳非亲属成员的大家庭不同，现代的核心家庭排斥非亲属成员，将以爱为基础养育子女作为首要任务。在此，让我们重新回顾先前在“居住”一章中提到的安东尼·吉登斯关于现代“功能分化”的理论。他认为现代社会必须将不同的功能分割到不同的时间和空间之中。在前现代时期，“家”就是“一切”。共同劳动（生产）、分享劳动成果（消费）、抚养子女使其成为下一代劳动力（教育）。归属于家、贡献于家是生存的首要前提，这就是前现代。

现代社会容不下“作为整体的家”，生产成为在公司或工厂工作的丈夫的职责，教育成为在学校就读的子女的职责，而在家庭中作为“贤妻良母”相夫教子则成了分派给妻子的任务。性别和代际职责都有了明确的划分。不言而喻，这种现代家庭是与资本主义工业社会相适应的家庭形式。丈夫在专门从事生产的公司、工厂里成为勤勉的“企业战士”，子女在专门进行教育的学校里成为“企业战士”的预备军，而支持他们的妻子则通过“影子劳动”为劳动力的再生产做出贡献。这不仅仅与生产有关。用私家车、家电等耐用消费品填满房子；只要外出就会在购物和各种休闲活动上耗费金钱；一家人围坐餐桌，在客厅观看电视，节假日逛百货商店，暑假外出旅行……这些场景对于每个家庭而言，或许都是难忘且重要的时刻，但从客观角度来看，毫无疑问，家庭是企业所期待的模范消费者。现代家庭被置于营销活动的中心位置。

抵御“家的反动”（现在）

家庭是自然与文化，即社会的媒介，现代家庭则是连接人的自然性与现代资本主义社会的接口。这意味着，如果社会发生变化，现代家庭也将不可避免地随之改变。

近年来，所谓的少子化和人口老龄化不仅是日本，也是各发达国家普遍面临的人口问题。造成这种现象的直接原因是晚婚或不婚趋势的加剧，其根源在于全球化带来的产业结构转型。由于劳动力市场面临全球化，以及对劳动者所需技能无止境的要求，劳动者很难期望能够依靠自身技能获得稳定的生计。传统家庭以成员的劳动换取生活保障，现代家庭也可以结合“日本式终身雇用”来规划直到退休的人生，但如今的劳动力市场趋向流动化、非正规化，无法确保以往那种“稳定性”。在这种情况下，婚姻和育儿已经从生活的稳定因素转变为潜在的风险。这就是晚婚、不婚现象的根源，如今不要说传统家庭，哪怕是现代的核心家庭，其存在基础都已崩塌。

尽管如此，或者更确切地说，正因如此，主张复兴家庭的保守反弹开始出现。保守派回归“优良家庭传统”的愿望体现在各个领域，但最为突出的是围绕“夫妻别姓”问题的争议。世人皆知的《夫妻别姓选择制度》自法案起草以来已有20余年，但至今仍未实施。该法案旨在夫妻可以凭意愿使用婚前的原姓氏，也可以选择维持现状。然而，反对这一法案实际上是在否认他人选择“夫妻别姓”的权利，只能说是“多管闲事”。反对派的论据是“违反日本传统”“不同姓氏破坏了家庭的一体感”，但对于日本普通民众而言，使用“姓氏”并非源远流长的传统，而且夫妻别姓与家庭的一体感也没有必然联系（在秉持“同姓不婚”原则的中国、韩国等国家，夫妻婚后保留各自姓氏是常态，这并不妨碍父权制的运作），可以根据这些事实提出反驳。然而，反对派并非基于事实，而是出于情感提出反对，这使得相关讨论陷入僵局。

另一方面，追求新型家庭形式的行动正在稳步扩大。《浅田家》（赤赤社，2008）[1]是摄影师浅田政志以自己、兄长、父母为拍摄对象制作的摄影集，一家人模仿扮演了消防员、拉面店员、日本足球队队员等角色，是颠覆了“家庭照”传统印象的争议之作。由浅田的摄影作品衍生而来的《家族新

1　浅田政志『浅田家』赤々舎、二〇〇八。

闻》（共同通信社撰文、幻冬舍，2010）[1]报道了形形色色的现代家庭的现状：有丈夫担任家庭主夫，承担家务的家庭；有通过收养建立的没有血缘关系的家庭；有因客观条件无法同住但仍通过社交媒体保持联系的家庭等。这些案例表明，即使性别角色发生转换，即使无法共同居住，即使没有血缘关系，即使是性少数群体（LGBT），家庭仍然可以维持团结。家庭的“最优解”并非只有一种。

事实上，“亲子”一词的本义并非指生物学意义上的关系。柳田国男在《亲属与劳动》[2]（《农业经济研究》，1929年，收录于筑摩文库版《柳田国男全集》第12卷）中指出，“‘亲’即劳动指挥权的所在”，“‘子’即是众多平等的劳动者”。

也就是说，在劳动过程中，个体劳动单位就是“子”，其领导者就是“亲”。由于这种关系包括非亲属，如师徒、前后辈等，因此“亲子”这一观念也扩展至非亲属间的劳资关系。但实际上，由于劳动通常是由有血缘关系的亲子来进行，“亲子”一词现在仅限于指代亲生父母和子女之间的血缘关系。这一语义演变颇具启发意义。

---

1 『家族新聞』共同通信社文、幻冬舎、二〇一〇。

2 发表于《农业经济研究》，1929年，收录于筑摩文库版《柳田国男全集》第12卷。（柳田國男「オヤと労働」『農業経済研究』、一九二九、『柳田國男全集』ちくま文庫版全集12。）

面对后现代家庭的出现，我们应该重新思考传统家庭中的家系歧视、现代家庭中的性别歧视是否确有必要。“亲子”的原始含义也为我们提供了某种启示。

【调查问卷摘录】
“我家的家庭活动”

一家人在什么时候聚在一起，聚在一起做些什么？平时就共同寝食劳作的前现代家庭姑且不论，但在现代社会，由于工作、上学等原因，随着子女的成长，一家人共处的时间逐渐减少，人们开始意识到全家团聚是一种特别的机会。如今，完全没有这种机会的家庭也不在少数。

首先，现在很少有家庭会一起工作。务农的家庭在种田、收获时齐聚劳作，或者做生意的家庭在大促销期间全员出动的情况也并非没有，但实际上，有过这种共同劳动经历的家庭寥寥无几。过年期间捣年糕是比较典型的家庭协作活动，但这也仅限于父母的老家是农家的情况。以下是关于韩国泡菜制作的一份报告：

泡菜制作

以前我们会在家里腌制大量泡菜食用，但最近几乎都改买商店里的成品了。然而，在我母亲的老家，立冬前后，所有的亲戚都会聚集在一起制作泡菜。这种活动称为“泡菜节”（Kimjang）。过去，入冬后蔬菜较为匮乏，人们有在冬季来临前制作各种泡菜和储存食品的习俗。现在这种情况似乎已经改变，在原料（主要是白菜、萝卜和辣椒）价格最低时大量购买并制作供全年食用的泡菜，这样的做法或许还有经济方面的考量。但更重要的是，在全家团聚这个意义上，这项活动是一种重要的文化传统。

随着日常聚会机会的减少，非日常的年节活动和人生仪式成为了家庭聚会的重要场合。在祭典盛行的地区，祭典期间的餐桌成为了亲戚们相聚的场所，而婚礼、丧礼则是亲戚们难得齐聚的机会（许多亲戚除此之外几乎没有其他见面的机会）。扫墓和法事等祭祖活动则是人们共同确认家族根源的重要仪式。以下是关于中国清明节（春分后第十五天的节日）的报告。值得注意的是，冲绳也在这一天进行扫墓活动，这与日本本土盂兰盆节的扫墓习俗相类似。

清明节

每年的清明节，我们都会去给祖父扫墓。不仅是我们家，还有我父亲的兄弟姐妹和他们的家人，总共十多人的大家族一起去。祖父的坟墓位于人烟稀少的山上，我们带着锄头、镰刀等工具，清除坟墓周围一年来长出的杂草。这在中文中称为“扫墓”[1]。随后，我们会焚烧纸钱以纪念先人。完成这些仪式后，我们就一起去美丽的山上游玩。这被称为“踏青”，是清明节的一个古老传统。

现在很难想象，但以前一个家庭有四五个兄弟姐妹是很常见的现象（战前最后一次公布的1940年总和生育率为4.12），等到第二代、第三代人后，要认全堂亲表亲都将成为一件困难的事。虽然这样的大家族群体在现在已经相当少见，但并非完全不存在。

表亲会

我母亲那边有一个“表亲会”。每年举办一次，母亲这边的所有家庭成员都会在酒店里聚会。在我看来，由于曾祖母子孙满堂，因此聚集的人数相当可观，许多亲戚都让人觉得：“以前都没见过这个人。这是谁啊？”不过，血缘关系真是一种神奇的纽带，在这个聚会中，每个家庭（父母和子女）都必须表演一个节目，表演

1 日文的“扫墓”写作“墓参”。——译者注

时，人们会感到彼此已经相识多年，甚至会因聚会结束感到依依不舍。

和难得见面的表亲们聊天真的很愉快。明明不是太熟悉的人但却能产生奇妙的亲切感，这就是血缘的魔力吧。

在产业资本主义下建立的现代家庭中，子女成为家庭的中心，子女的健康成长是家庭最关心的事情。家庭经济的分配和居住地点的选择往往由子女的就学情况决定，但对子女的过度关注也常常会导致在成绩、考试及前途方面产生矛盾。以下是一个充满这类紧张关系的典型案例：

应对考试

在我们家，家庭活动就是我考试成绩不理想时召开的家庭会议。在我上高中之前，每当我带着糟糕的成绩单回家时，我和父母就会围坐在餐桌旁，成绩单会被放在桌子正中央，而我则要进行没完没了地说明，解释为什么只考了这么低的分数、今后打算采取什么办法来提高成绩。由于父亲下班回家很晚，所以在我考试成绩不理想的日子，我会默默地和母亲一起吃完晚饭，等父亲回家后，“会议”才正式开始。父母因为我成绩不好而对我严厉训斥，情况逐渐升级，甚至威胁说如果下次考不到某个分数就辍学去工作，不要读大学了。那段时期如同身处地狱。时至今日，每次回老家我都会用“当时对我说过这么难听的话哦”当做笑料去开些善意的玩笑。

即使在前现代时期，农业生产间隙的休憩等家庭娱乐活动也并非没有，但它成为一种自觉意识并发展为商业化形态却是现代家庭所特有的现象。周末外出就餐、购物、去游乐园，暑假出门游山玩水的家庭旅行都是经由媒体和企业中介的典型现代活动。但这些体验是否具有统一性，是一个值得仔细思考的问题。可以说，即使是商业化的内容产品也可以转化为每个家庭独特的故事，请看下面的报告：

阪神队与柯南

有两件事是我们一家人一定会一起做的。其中一件事是当阪神虎棒球队获得联赛冠军或成为日本第一时，父亲会做东请全家人去一家叫“南海 Girll”的牛排店用餐。这完全取决于阪神队的战绩，所以最近有一段时间没去了。另一件事就是去看《名侦探柯南》的剧场版电影。只有柯南的电影我一定要和家人一起观看，即使是朋友的邀约也会婉拒。

毫无疑问，现如今现代家庭正处于十字路口。伴随产业结构转型的生命历程的重组，不可避免地使家人团聚更加困难。后现代家庭将创造怎样的家庭生活，我们必须密切关注其走向。因为每个人都是某个人的家人。

【拓展阅读】

描写血缘关系/家庭的作品数量浩繁。柳田国男、有贺喜左卫门、喜多野清一、中野卓、竹田听州等（还可以列举出很多人）学术前辈的著作当然非常重要。但无论是小说还是电影，市面上的大多数作品都以某种形式讲述着“家庭”（且往往包含深刻的洞见）。家庭是一个与我们密不可分的主题，甚至很难找到一部完全不涉及家庭的作品。笔者别无选择，只能像前面的章节一样依据个人的理解和判断来进行推荐。

秋山智子的《再来祖母家玩》（绘本《儿童之友》2012年8月号，福音馆书店）[1]取材于现实中秋田县仙北郡的农户——佐藤家在盂兰盆节举行的活动。绘本以轻快的笔触描绘了曾经常见的盂兰盆节时的家庭场景：一家11人聚集在曾祖父母家中，为祖先准备供品、布置祭坛、扫墓，然后用送

1　秋山とも子『おおばっちゃんにまたきてたんせ』「こどものとも」二〇一二年八月号、福音館書店。

神火送别迎来的祖先，最后各自返家。

柳田国男的《族制词汇》（日本法理研究会，1943）[1]是概述传统家庭模式的重要著作。本书是从既往出版的地方志、杂志中摘录并解释民俗词汇的“分类词汇”系列[2]中的一册。全书分为“从宗族到亲属”“本家与分家”“堂亲表亲与父母子女”“义亲关系”“家主及继承者”“家族”“家族的私有财产”等七章。

波平惠美子的《生活中的文化人类学（平成版）》（出窗社，1999）[3]整理了《西日本新闻》的连载内容，是一本通俗读物。该书简明扼要地描述了传统家庭及其现代转型。婚姻、育儿、生计、家务、护理等各种日常事务都根据家庭结构及其变迁决定其在家庭中的地位。作者年轻时曾有一位老人向她提出“夜访求爱”[4]，基于作者如此鲜活的亲身调查，其观点颇具价值。

早川忠则主编的《虚幻的“日本家庭”》（青弓社，2018）[5]

---

1 柳田國男『族制語彙』日本法理研究会、一九四三。

2 「分類語彙」シリーズ。

3 波平恵美子『暮らしの中の文化人類学［平成版］』出窓社、一九九九。

4 日文为“夜這”，多指男性前往女性住处请求发生性关系的行为。多发生于前现代的共同体中。在明治维新后视为陋习而禁止。——校者注

5 早川タダノリ編著『まぼろしの「日本的家族」』青弓社、二〇一八。

详细描述了关于家庭“解体”的忧虑以及恢复传统“日本家庭”的保守反弹。作者尖锐地指出，虽然坚持夫妻同姓、优待三代同堂等有利于“日式家庭”的政策正在稳步推进，但作为其前提的家庭形象，是将因时代、地区、阶层不同而差异显著的家庭形态，凭方便拼接而成的欺骗性的幻影。也是新自由主义的政府试图把削减社会福利后的兜底工作推卸给“家庭自助”而形成的虚像。

关于家庭的多样化，漫画家吉永史的《昨日的美食》[1]堪称佳作。律师史朗和理发师贤二是一对中年同性伴侣，作品描绘了他们的日常生活，同时穿插二人所遇到的各个家庭中的人生际遇。几乎每一话都会详细描写准备饭菜的过程，为故事增添了独特的平和气息。每个登场角色的喜怒哀乐，展现了多元化的家庭形象，也说明了“理想”不可能是单一的。

最后，列维－斯特劳斯的《亲属制度的基本结构》（福井和美译，青弓社，2000年，原著1947年）[3]一书阅读难度很高，不推荐给初学者，但又是一部在探讨亲族关系上无法绕过的作品。作者明确指出，社会是一个“语言、物品和女性的交换系统”，通过对世界各地亲族组织的比较分析，从结构上论证了交叉堂表婚（父母是兄妹或姐弟关系的堂表亲）

1　よしながふみ『きのう何食べた？』モーニングKC、二〇〇七～。

3　クロード·レヴィ＝ストロース『親族の基本構造』福井和美訳、青弓社、二〇〇〇［原著一九四七］。

的优越性。这种阐述方法被称为“结构主义”，对20世纪下半叶的思想界产生了重大影响。书中蕴含的深邃思考难以简要概括，期待读者们的挑战。

第二节 地缘关系

生物规则与人类规则（基础理论）

地缘关系，即基于生活空间邻近性的社会关系也十分重要。然而，这种关系也并非人类所独有。对于大多数动物而言，同一物种个体在空间上的邻近可能会导致食物获取、安全保障和配偶选择等方面的竞争，因此它们发展出了一些“规则”来避免这些冲突。生态学家今西锦司（1902—1992）因其基于蒙古、喜马拉雅、非洲的实地考察而提出的独特进化论而闻名。他在毕业研究期间对京都贺茂川的水生昆虫分布进行调查时发现，蜉蝣幼虫分别生活在不同流速的水域中。他将这种现象命名为“生境分离”，并将其评价为一种防止同一物种个体陷入竞争的社会性行为。这种社会性已经在多个物种中被观察到，由此可以推测，人类规则的起源可以追溯到生物的这种行为模式。

然而，人类的规则与生物的规则之间存在着本质差异。这一差异在于，人类的规则是伴随着语言而来的。英国法哲学家哈特（H. L. A. Hart，1907—1992）在《法律的概念》一书中，将规则分为规范现象的法律——“初级规则”和规范法律的法律——“次级规则”，并由此展望了法律作为语言行为的理想状态。社会学家宫台真司（1959— ）在此基础上进一步拓展，提出法律的演变可以分为原始阶段、前现代阶段和现代阶段。[1]

原始法律采用超自然禁忌的形式，并且是“泛人称化”的，这意味着它可以由任何人执行，但缺点是它无法随时代变迁而改变。前现代法律克服了这一缺点，采取了国王命令等“人称化”形式，虽然可以改变，但缺点是无法阻止统治者的专断。现代“非人称化”法律克服了这个问题，类似于议会制，通过立法规定法律的确立方式（引入次级规则），这使得法律既能够根据时势进行调整，又能抑制专断的立法。由此，法律通过更新发声主体的“人称性”而不断完善。

言归正传，让我们继续讨论地缘关系。为了使地区生活平稳有序，基于地缘关系的社会关系需要制定并执行各种规

---

1 《M 式社会学入门（20·21）》《“法律系统”究竟是什么（上·下）》，《Kei》2005 年第 39、40 号。[「M 式社会学入門（20·21）「法システム」とは何か（上·下）」『Kei』三九·四〇、二〇〇五。]

定，还需要对违规行为实施制裁。换言之，地缘关系就是一种管理体制。而其在日本的具体形态就是村落与城镇。

村落的职能与决策机制（前现代 1）

“村落”（Mura）一词的起源据说是“群聚”（Mure）。村落是家的集合，是多个家的联合体，它们共同承担一家无法完成的任务，协调超出单个家庭范围的问题。

村落具有多种功能，但大致可分为：

——环境维护功能：水利、道路维护、共同土地管理等

——治安维护功能：防灾、预防犯罪等

——仪式场所功能：冠婚葬祭等

其中的每一项都需要独立的组织管理和经济基础，它们也形成了反映当地风土与历史的独特习俗。

这一领域中蕴含的民俗学知识量庞大，限于篇幅，在此仅简要介绍要点。

在村落的诸多职能中，水利对于水稻种植而言至关重要，是村落需要投入大量劳动力并严格管理的重要工程。建筑家藤森照信（1946—　）出生于长野县诹访地区，他将童

图 3-4　村人全体出动的烧荒作业（山口市）

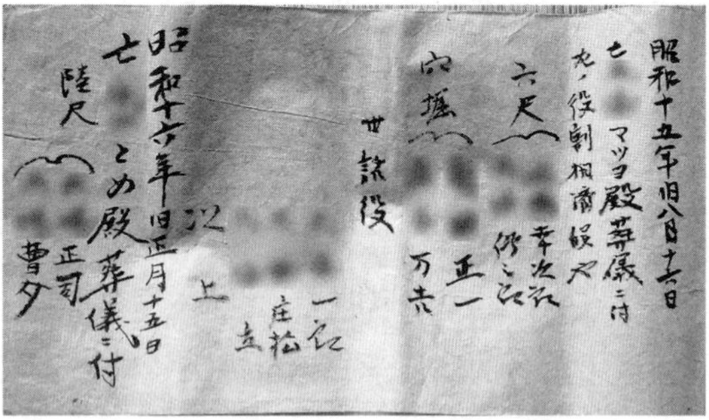
昭和十五年旧八月十六日
マツヨ殿葬儀ニ付
六尺
穴掘
世話役
昭和十六年旧正月十五日
とめ殿葬儀ニ付
陸尺

图 3-5　记录了葬礼职责分担的账面

（局部做处理，宫城县多贺城市）

图3-6　法事等活动期间为町内会捐款的人员公示
（局部做处理，大阪市住吉区）

年时目睹的村落防洪情形描述如下：

西泽是高部和神宫寺交界处的一条河流，高部一侧排列着高部的村民，神宫寺这边则是神宫寺的村民，他们时不时用长杆拨开脚边卡在河岸上的浮木，让它们顺流而下。与孩童们不同，平日里欢谈的高部和神宫寺的成年人们神情严肃地相对而立，一言不发。当时的我不明白其中缘由。成年后我才知道，其中蕴含的意义是小孩子永远无法想象的。目的当然是为了防止河堤坍塌，

> 但大人们神情骤变手持长杆，除了要防止浮木卡在河岸上，更重要的是这根长杆是保护村落的最后手段。浑浊的溪流水位迅速上涨，最终会漫过河堤，引发洪水，正当洪水即将漫过来时，大人们会用长杆戳向对岸。河堤因吸水而变得松软，只要有一丝裂缝，水就会开始渗漏，河堤就会坍塌。手持长杆是为了防止对方戳刺，并在最后关头将杆子戳进对岸松软的河堤。[1]

这个故事体现了村民们保护自己耕地免遭洪水侵袭的气概，但更令人惊讶的是，他们保护村落的最后手段竟是破坏邻村的河岸。村落是保障村民生活与生命的命运共同体，但正因如此，它也潜藏着对本村以外毫不顾忌的面向外部的暴力性。

无论如何，为了处理不同的职能，村落需要独立的资产。最常见的方式是收取会费，此外还包括来自村落所有的土地和房屋的不动产收入，以及村落共有用具（如冠婚丧祭仪式上所用的餐具）的租金收入等。

此外，每个村落都形成了各具特色的组织形式：

——单纯的全员参与制

1　藤森照信：《蒲公英的絮》，朝日新闻社，2000年，第156页。（藤森照信『タンポポの綿毛』朝日新聞社、二〇〇〇、一五六頁。）

——轮值制

——将村落分成多个小单位，分工协作的形式

此外，还有按年龄层划分的“年龄阶梯制”：在祭典时，儿童负责吹奏祭礼音乐、青年组抬起神轿、中老年人执行祭祀，这样的分工体系十分普遍。从村落整体来看，有基于等级关系的“同族结合”[1]和平等关系的“讲组联合”[2]两种形式。有观点认为东日本以前者为主流，西日本则以后者为主流。[3]然而，这一观点受到了批评，学者们对这些类型划分的有效性表示怀疑。但无论如何，村落都已经形成了各自的组织形式以履行其职能。[4]

那么，承担多样职能的村落是如何维持秩序的呢？村落设有村民集会等决策机构，为此制定了规则（尽管很多是不

1　同族结合指的是在日本农村和商业社会中，基于血缘亲疏关系，分家以本家为中心，强调纵向连接的家系组织方式。——校者注

2　讲组联合指的是由称作“讲”的宗教性集团和“组”这一地缘性村落团体所构成的组织形式。作为“同族结合”的相对概念，其组织形式强调基于平等的横向连接。——校者注

3　福武直：《日本农村的社会性格》，东京大学协同出版部，1949年。（福武直『日本農村の社会的性格』東京大学協同組合出版部、一九四九。）

4　福田亚细男：《番与众——日本社会的东与西》，吉川弘文馆，1997年。（福田アジオ『番と衆——日本社会の東と西』吉川弘文館、一九九七。）

成文的规则），并对违反规则和决定的行为进行制裁（例如所谓的“村八分”[1]）。在此，笔者想介绍一下宫本常一亲身经历的村落决策过程。[2]

> 1950年夏天，宫本参加了八学会联合对马共同调查，他们环绕岛内，考察渔村。当到达伊奈（对马市上县町）时，得知那里保存着古代文献，便申请阅览。然而，（装有古文书的）文书箱上了锁，钥匙由区长（村落代表）保管，而且只有在总代表（村落干部）在场的情况下才能打开箱子。请来总代表打开文书箱后，发现那是一份对了解古代渔村极具价值的古文献，但它十分厚重，难以抄写。提出借阅请求时，他们表示“必须在村民集会上听取大家的意见”，于是我们只能等待他们商议的结果。然而迟迟未见回音。心急如焚的宫本赶往会场。到达后，看到会场内的木板间里坐着约二十人，外面的一棵树下有三五个人挤在一起，蹲着交谈。表面看来像是在闲聊，但实际并非如此。经过了解后，发现

1　一种惩罚行为，指除火灾与丧事外，全村与受罚者断绝一切往来。——校者注

2　［日］宫本常一:《被遗忘的日本人》，岩波文库，1984年（初版1960年）。（宮本常一『忘れられた日本人』岩波文庫、一九八四［原著一九六〇］。）

村里要决定什么事情时，会讨论好几天，直到大家都满意为止。[1]

正当宫本意识到这就是花费如此长时间的原因时，话题转向了古文书。

一位熟知往事的老人说道："从前，这个村子里地位最高的俸禄武士世家的家主去世了，只留下年幼的儿子继承家业。后来，他有一位算得上亲戚的老人来访，说要看看他们世代相传的藩主印信，然后就带着它离开了。无论他们如何请求，老人都不归还，最终那位老人的家族像之前的世家那样成为了村里地位最高的家族……"过了一会儿，古文书的话题又被提起，那位老人说："虽然一直听说村里的文书箱里有古文书，但我们还是第一次看到里面的内容。也没听说因为这些文书发生过什么好事。如果它对别人有用的话，给人看看又有什么关系呢？"接着经过一阵"如果把家藏的东西给有见识的人看看就会有好事发生"之类七七八八的闲

1 ［日］宫本常一:《被遗忘的日本人》，岩波文库，1984 年（初版 1960 年），第 13 页。（宮本常一『忘れられた日本人』岩波文庫、一九八四［原著一九六〇］、一三頁。）

聊，便又转向了其他话题。[1]

这样的讨论持续了很久之后，一位老人说道："这个人看起来也不像坏人，就这样定了吧。"大家接连表示同意，古文书的借阅就这样获得了许可。这件事就是这样解决的。

我们对这全员达成一致的直接民主的方式感到惊讶，但值得注意的，不仅不是简单的少数服从多数，而是在最终决议达成之前，参与者并没有明确表明自己是赞成还是反对。参与者注重提出事实，如"把古文书借出去曾招来过麻烦""拿给外人看后发生过好事"等，但他们并不会轻易表达个人立场。当然，"招来过麻烦"和"发生过好事"是对赞成与否的含蓄表达，但这种表达并未破坏信息共享的形式。高取正男在《日本思维方式的原型——民俗学视角》（讲谈社现代新书，1975）[2]一书中将其描述为"借题发挥"的逻辑。

高取指出，不直接表达意见，而是采取提供信息的形式，并委婉地表达立场，以避免明显的意见对立。正是这种生活的智慧，维持着在世世代代家与家的关系下所运作的村

1 ［日］宫本常一：《被遗忘的日本人》，岩波文库，1984年（初版1960年），第14—15页。（宮本常一『忘れられた日本人』岩波文庫、一九八四［原著一九六〇］、一四～一五頁。）

2 高取正男『日本的思考の原型——民俗学の視角』講談社現代新書、一九七五。

落秩序。

宫本表示，虽然这个村落的情况或许是个特例，但这种“民主性”的议事方式在家庭差距较小的西日本村落中并不罕见。它可能与源自西欧的民主形式不同，但值得注意的是，这种“民主”的种子已经在日本的列岛社会中生根发芽。跳过论证直接下结论的话，日本现代和当下面临的困境似乎源于未能顺利地将本土孕育的“民主”与外来民主形式有机结合。

作为节点的城镇的扩展（前现代 2）

随着社会的发展，交通变得更加便利，作为节点的城镇逐渐形成。市场、港口和旅店、神社寺庙和城郭的周边地区都形成了城镇。城镇的出现，依赖于周边村落的食物、燃料等物资供给，而村落则通过将产品运往城镇获得收入，并通过交换城镇所聚集的财富和商品来提高生活水平。城镇和村落形成了相互依存的网络关系。

柳田国男认为，城镇源于村落，且两者的差异只是相对的。《都市与农村》（朝日新闻社，1929）写于昭和初期，当时日本的城市化正如火如荼地进行。其中写道：

> 我们使用的“市民”一词仅指城市居民。然而，我国是否真的存在这样一个孤立的城市利益的中心呢？这是首先要考虑的问题……一小部分市民只是两三代前移居者的后裔，而其他许多人实际上只是城镇中的村民。因此，在考虑他们与原籍地的关系时，如有以外国城市举例的情况，虽不用制止但需对此产生警惕。[1]

柳田的这种观点被称为“城乡连续说”。该观点是否恰当虽有争议，但我们要认识到，城镇源于村落，两者之间存在相似之处。那么，城镇和村落有什么区别呢？主要有两个特征：1. 薄弱的生产合作关系；2. 人口密度较高。

就生产合作方面来说，例如，商人根据经营产品的不同，会有不同的供应商和客户，而经营不同产品的商人之间往往没有业务往来。某个工作场所发出的臭气和噪音可能会干扰其他工作场所。而村落则以水利工程这种生产生活上的合作为优先，两者在前提上就有区别。另一方面，在人口密集的条件下，维护生活环境的合作变得不可或缺。城镇对卫生问题的关注远比村落更为紧迫。人口密度高也意味着陌生人数量增加，因此还需要加强犯罪预防。此外，一旦发生火灾，城镇将遭受巨大损失，防火工作关乎生死存亡。为了解

---

1 ［日］柳田国男：《柳田国男全集》，筑摩文库版全集第29卷，第339页。（柳田國男『柳田國男全集』ちくま文庫版全集29、三三九頁。）

图 3-7　祇园祭的花车巡行（京都市）

决这些问题，城镇必须在保证生产生活自由的同时，谋求日常生活中的合作。在京都，当邻居家传来的钢琴声很吵时，人们会迂回地说：“你家孩子弹琴真好听。”这虽然是煞有介事的传闻，但在城镇生活中，需要这样细腻的顾虑所带来的恰到好处的距离感。

祇园祭就是在这样的环境下诞生的。[1]关于这个代表日本的祭典，有说不尽的内容，这里只做最基本的介绍。首先，城镇的卫生条件导致夏季疫病蔓延，人们将其视为鬼神作祟并试图平息疫情，祭典便源起于此。市民们齐心协力抗击疫病，这逐渐演变为了祇园祭。

1　京都文化博物馆企划、编辑：《京都祇园祭——市民的狂热与山鉾的风雅》，思文阁出版，2020 年。（京都文化博物館企画·編集『京都祇園祭——町衆の情熱·山鉾の風流』思文閣出版、二〇二〇。）

山鉾巡行[1]是祇园祭的一大看点，以负责准备花车的“鉾町”[2]及支援他们的“寄町”[3]为中心承担这项活动。这个“町”是经过长期发展形成的独立的地域组织。平安迁都时，行政单位按照条坊制划分为正方形，但最终，街道一侧的各户形成集体，成为了“片侧町”，隔着一条街道的两个“片侧町”连结起来，就形成了“两侧町”。隔街相望的各户发展成为生活合作组织，也形成了祭祀组织。鉾町集结了各町的经济实力和文化审美，打造山鉾，以华贵织物和金属配件装饰的山鉾花车，被称为“移动的艺术品”。巡行当日，鉾町的商家会邀请客人和亲戚到临街的二层，一边饮食作乐，一边观赏奏响祇园音调的山鉾巡行从窗前走过（如今，在一些街道宽度与江户时代相同的地方，还能看到这样的商家）。祇园祭是城镇独有的经济资本、社会资本和文化资本的集大成。

浓缩了城镇“精华”的祇园祭已在全日本广泛流传。[4]不

1　山鉾巡行，是在京都祇园祭中，由地域居民手工装饰的华丽花车在城市中巡游的活动。祭典期间有一往一返两次巡游，是祭典中最重要的一项活动。——校者注

2　在祇园祭中的负责提供巡游花车的地域社区，统称为“山鉾町”。——校者注

3　负责在祇园祭中以筹集活动经费或参与祭典等形式，来支持祭典的“寄町”。——校者注

4　上文的祇园祭专指京都的祇园祭，但日本各地也存在其他祇园祭，如福冈县的博多祇园山笠祭、神奈川县的镰仓大町祇园祭等。——校者注

仅如此，京都还是各种文化的发祥地，各地诞生了被称为“小京都”的城镇，成为各个地区的中心。可以说，作为经济、社会、文化节点的城镇在整个日本列岛社会的扩展，以及连接这些城镇的大范围网络的形成，对日本文化的塑造发挥了重要作用。

原住民与迁入者（现代/现在）

村落/城镇在近代实现了“国家的渗透”。[1]在近代之前，村落、城镇并非独立的政治实体，因此受到封建领主或幕府的支配，但具体管理情况千差万别，这也是各个地区形成其独特性的主要原因。然而，近代国家发展了税收、学校、军队等以国家统一为原则的制度。结果，全国各地的同质化组织，如学校、青年团、町内会[2]、退伍军人会、妇女会等渗透到村落和城镇，导致地方的独特性和自主性逐渐被削弱。

接下来，城市化进程进一步加快。1960年前后，正值日

1　米山俊直:《日本村落的百年历程：文化人类学纪实》，NHK图书，1967年。（米山俊直『日本のむらの百年——その文化人類学的素描』NHKブックス、一九六七。）

2　一种地域性自治组织。现较多使用“自治会”这一名称。——校者注

本经济高速增长时期，城乡人口发生逆转，此后，城市不断吸纳地方人才，总人口的一半集中在东京、大阪、名古屋三大都市圈。结果，城市周边的村落被改造为住宅区，本地人（老居民）和外来者（新居民）的混居现象进一步深化。反过来说，很多城市的近郊原本都是一个个独立的村落。

北白川（京都市左京区）就是其中的典型例子。白川发源于比叡山，穿过山间，流向京都盆地东北方向，形成了冲积扇，北白川就位于此处。北白川一带出土了石器时代的遗址，是人类早期定居的地区。平安迁都后，这里作为从京都到大津坂本的要道和白川越道沿路的近郊农村发展起来，又因向城市内的寺院供应佛花的“白川女”而闻名。1897年，京都帝国大学在邻近的吉田村建立，大学相关人员逐渐迁入，住宅用地也开始开发。民族学家梅棹忠夫（1920—2010）将这种本地人和外来者的混住情况形象地描述为“卖花族和大学族”的共处。

《北白川儿童风土记》（山口书店，1959）[1]描绘了传统与现代之间的冲突，该作品源于1946年出生的“战后儿童”在小学课外活动中对当地的深入调查，从而引起了社会的广泛关注，甚至还被改编成电影。重读这部作品，可以说这是本地人和外来者（及其子弟）共同努力，在一个因混居而变得

1 『北白川こども風土記』山口書店、一九五九。

图 3–8 《北白川儿童风土记》

多元的地区中重新认识地域社会的尝试。这在不同程度上，成为了许多现代化村落 / 城镇所面临的共同课题。[1]

在那之后，城乡二元的困境仍在持续。自日本经济高速增长时期以来，村落人口稀少、城镇过度拥挤都给传统的地区治理带来了困难，而进入 20 世纪 90 年代以后，少子老龄化进一步加剧了这一趋势。

老年居民超过一半、地方管理难以为继的“极限聚落”危机正在全国蔓延，类似的问题也出现在因商业用地化、办公区化而逐渐空心化的城镇中。甚至在高速增长时期开发的团地和新城也能看到这种现象。更有一种令人震惊的预测：到 2040 年，日本将有一半的自治体消失（智库“日本创生会议”）。

当然，政府并非无所作为。旨在到 2006 年实现市、町、

1　菊地晓、佐藤守宏编：《学校编织地域——〈北白川儿童风土记〉选》，儿童文化研究所，2020 年。（菊地暁・佐藤守弘編『学校で地域を紡ぐ——「北白川こども風土記」から』小さ子社、二〇二〇。）

村的合并，从而精简行政的“平成大合并”政策，仍令人记忆犹新。然而，这个过程并非一帆风顺。面对合并工作，水利问题、公有地问题等，在构成各市町村的村落与城镇所拥有的权益关系中，复杂的历史因素再次浮现。这些调整在许多地方引发了巨大争议，有的合并以失败告终，有的即便完成了合并，赞成和反对合并的地区之间至今仍存在隔阂。表面上被城市化掩盖的城乡二元结构并未消失，而是会在某些时刻突显出来。这种城乡二元的共同体——虽然外来者可能没有意识到——实际上以各种形式持续存在，并且仍然具有潜在的影响力。

既然人们必须与他人共同生活，从日常的垃圾处理到灾害时的避难，生活空间的稳定这一地缘性问题就必然存在。我们应该如何界定其功能，又该如何承担它的成本？无论是本地人还是外来者，都被迫重新面对这一挑战。我们应该从由历史形成的社区中继承什么，又该如何培育它们？这些都是亟待解决的课题。

【调查问卷摘录】
“与我相关的地缘团体”

既然人必须在某个地方生活，地缘关系就与血缘关系一样，是一种不可避免的社会关系。然而，其具体情况自然大不相同，此外，关系和认知也因家庭情况而异。例如，如果购买了土地或房屋，与地缘团体的关系就会变得更加紧密；如果子女在当地学校就读，就不可避免地要参与当地活动。大多数听课的学生既不是户主，也没有子女，因此他们较少有机会意识到自己的地缘关系。因此，我们要求他们根据父母和祖父母的经历来报告“与我相关的地缘团体”的情况。

在与地缘团体活动相关的报告中，垃圾收集、清扫等环境保护相关的活动最为普遍。消防队等防灾活动在城市中心区域比郊区更为常见。

尽管目前在生产生活方面的合作已经很少见，但在农村地区，水利管理方面似乎仍然保留着这种合作的痕迹。

水利管理

在我的家乡，人们每年会在春秋季进行两次名为“除草”和“清渠”的河流清理活动。春季清理只出动一部分人，但秋季时每户至少要有一人参加。春季的河流清理是为了保证田间引水的水量和水质，秋季则是为了预防台风导致的河水泛滥。清理时，我们会将河床上多余的水草、藻类清除后，排列在路边晾干，然后由负责收集垃圾的人清运。（香川县观音寺市）

如今，地缘团体参与冠婚丧祭的情况已经大幅减少，大约仅占报告总数的1%。以下是一份至今仍是整个地域参与到丧葬活动中的罕见报告：

丧礼

我父亲的故乡是长崎县平户岛南端的一个渔村。镇上的每个人都互相认识，而且大多数人都与自家有某种联系，如果往上追溯两代人左右，就能找出某种血缘关系。在丧礼上最能让人意识到这种联系。几乎所有事情都要自己操办：女性在厨房里准备斋饭，男性负责搭建祭坛、用木头和竹子制作装饰品和道具。丧礼在家中办完后，不仅是亲属，其他所有与逝者有过往来的人都要在衣服外面穿上礼服，头戴三角巾，手持遗像、装饰品和鲜花，跟随白旗。他们排成长队，一边打碎瓷器，一边敲锣打鼓，绕行镇内。也有一些临街的住家会有人走到屋外，双手合十，呼唤逝者的名字。

如今，在许多地区，祭典仍然是人们聚集在一起的重要契机。如大阪泉南的祭礼花车、兵库播磨的神轿对撞等，动员整个地区参与，在近乎“极端”的狂热氛围中开展祭典也并不罕见。值得注意的是，在这种狂热背后，是地方干部们为确保活动顺利进行而努力筹集资金、分配职责。

地藏盆

我的母亲是自治会的会计，负责计算和管理地藏盆[1]等活动所使用的会员费。母亲在抚养我们三姐妹的同时，还经常去给镇上各家各户的信箱里分发即将举行的烟花晚会的传单。有时我会帮忙，但有很多细致的工作，所以并不容易。自治会干事都是兼顾家务和自治会工作的家庭主妇。我小时候很喜欢地藏盆，所以很感谢像我母亲这样在幕后辛勤工作的干事们。（京都府）

在村落和城镇，地域治理是基于传统惯例进行的，而在团地和新城，由于没有传统可循，因此实行着经过特意设计的治理办法，比如成立管理协会。不受传统约束带来了自由，但同时也缺少了约束，这是同一枚硬币的两面。正如以下报告，这种情况往往会催生逃避地域治理义务的"搭便车者"，这也是新型地缘团体面临的困境之一。

公寓

我现在所居住的是三年前搬进的新公寓，里面住着近400户人家。每栋楼、每个楼层都必须选举一名任期两年的干事，基本上是从楼层角落的住户开始轮流担

1　祭祀地藏菩萨的祭典。——校者注

> 任。但父亲说，有些住户想趁还有精力的时候尽早申请担任这一职务，也有些住户认为自己活不到轮到自家的时候。这很有意思。（大阪府岛本町）

人口流动造成了原住民和新居民之间的矛盾。这种矛盾的严重程度会因迁入时间、双方人数、生活方式的差异等因素而不同，但很多时候，某个契机会使潜在的矛盾关系显现出来，导致至今仍存在“村八分”现象。如何化解新老居民之间的矛盾，可以说是许多地域社会面临的普遍问题。

> **新旧居民**
>
> 我家所在的地方自很久以前就是有名的所谓高级住宅区，是几代居住于此的资产家们保护的地方。然而，近年来，越来越多的人卖掉曾经的豪宅，出售土地，地块被分割得越来越小，就连不是富豪的人们也能住进来了。虽然这么说，三年前开始在这小小的地块上生活的我们家，也是“新来的”。然而，从过去开始就在这里的阶层掌管着整个地区，一搬进来，就会有邻居问：“你在这里有亲戚吗？”
>
> 此外，我和兄弟姐妹都在私立学校就读，和当地孩子没有什么往来，也从来没有参加过一向热闹的儿童会或者社区活动。我从未体验过地缘关系带来的好处，我

甚至不确定我们能否在灾难发生时相互帮助。(大阪市阿倍野区)

地域社会各有不同，这是由其风土和历史所致。尽管如此，地域居民仍面临着许多共同问题，如环境保护、防灾和预防犯罪等。要在解决共同问题的同时，保护独特的历史和风土。地域社会的活力和魅力就在于其微妙的平衡。

【拓展阅读】

无论《后狩词记》(1909年)中的椎叶村(宫崎县)还是《远野物语》(1910年)中的远野(岩手县)，民俗学始于村落，关于村落共生，可供推荐的著作不胜枚举。当然，我们不能忽视有贺喜左卫门、喜多野清一、铃木荣太郎等家族/村落研究的先驱，以及木田稔笔下的恩方村(东京都)、恩布里(John Fee Enbree，1908—1950)夫妻笔下的须惠村(熊本县)等杰出的个案研究。笔者实在很难决定要推荐的书目。

为了掌握基础知识，笔者推荐鸟越皓之的《家与村的社会学》(世界思想社，1985年[1993年增补版])[1]。该书作者

1　島越皓之『家と村の社会学』世界思想社、一九八五[増補版一九九三]。

倡导“生活环境主义”，曾在日本全国各地进行实地考察。这本篇幅紧凑的入门书籍从围绕村落结构和功能的基本概念，乃至有贺·喜多野争议等学说史进行了详细解说。

杉本仁的《选举的民俗志：日本政治风土的基础》（枭社，2007年）[1]也是一部具争议性的著作。自1880年（明治13年）《区町村议会法》颁布以来，由公选议员开展地方自治的历史已有百余年，但尽管如此，以自古以来的血缘、地缘为基础的社会关系，其影响依然存在。最明显的体现就是地方选举，本书全面描述了与“现代公民社会”理想相去甚远的现实情况。

城镇的生态也很有趣。武田俊辅的《作为公共资源的城市祭礼！长滨曳山祭的城市社会学》（新曜社，2019年）[2]这部佳作，走近了一群将城市祭典当做盛大舞台的市民。长滨位于琵琶湖北岸，自近世以来一直是一座商业城市，倾注财富举办的“曳山祭”是在装饰华丽的花车上表演儿童歌舞伎的盛大活动。祭礼中的每个“角色”都蕴含着各自的“声望”，作者曾担任被称为“青年组”的祭典负责人，他从自身经验出发，描述了围绕角色分配的交涉和纠葛如何有力地

1　杉本仁『選挙の民俗誌——日本的政治風土の基層』梟社、二〇〇七。

2　武田俊輔『コモンズとしての都市祭礼——長浜曳山祭の都市社会学』新曜社、二〇一九。

构成了城镇的社会关系。

与已经积累的大量村落研究相比，涉及团地、新城等新型地缘关系的研究相对较少。原武史的《泷山公社 1974》（讲谈社文库，2010 年）[1]是一项难得的专题研究，作者在泷山团地（东京都东久留米市，1968 年开始入住）长大，该书结合其自身经历和客观资料描绘了团地社区的面貌。新兴团地缺乏传统惯例，因而实施了先进的学校教育，将“家长教师协会”（PTA）也牵扯进来的异常社区的出现和“失控”的过程，惊悚地展现了 1970 年代地域社会的另一面相。

地缘性社区至今仍面临着人口稀少、过度拥挤、极限聚落等困境，但这并不意味着地域社会会一路衰退，最终消失。在猪濑浩平的《村落与核电站：废除洼川核电站计划的四万十的人们》（农山渔村文化协会，2015 年）[2]这部批判性作品中，作者追述了在政商官三方联合，核电站支持派在财政和组织方面都取得压倒性优势的情况下，地域社会如何顽强抵抗、团结一致而获胜的前因后果。我们有必要重新认识那些看上去不起眼，却会根据情况而激发出夺目光彩的地域中的潜在力量。

1　原武史『滝山コミューン一九七四』講談社文庫、二〇一〇。

2　猪瀬浩平『むらと原発——窪川原発計画をもみ消した四万十の人びと』農山漁村文化協会、二〇一五。

第三节　社缘

既非血缘也非地缘的关系（基础理论）

到目前为止，我们一直在探讨家（血缘关系）和村落（地缘关系）。这些关系在当今社会变迁中都面临着巨大的变革压力，但尽管如此，它们的存在仍然很重要。更为棘手的是，我们倾向于将社会关系视为“类家庭”或“类村落”的存在。我们经常听到有人将公司比作家庭，将行业比作村落。这种比喻会形塑说话者的思维和行为方式。其优点是可以用熟悉的框架来理解新事物，但缺点是可能会阻碍我们对事物的准确理解。摒弃这种比喻性的理解，正确把握既非地缘也非血缘的社会关系——以下称为“社缘”，尽管这可能不是一个通用术语——在当前这种社会领域不断扩大的情况下，是一个极其重要的课题。

社缘是典型的“现代”产物。换言之，在前现代时期，普通民众的大部分生活都是依靠血缘和地缘关系来维系的（有无数例子表明，表面上看似“社缘”的组织实际上是基于血缘或地缘关系的，社缘的作用始终是有限的）。改变这一状况的是“现代化”。工业革命以后，大量人口涌入城市，城市中充斥着“陌生人”。这引发了各种冲突。扒窃等轻微犯罪的急剧增加就是其中一个表现。在人们被血缘和地缘关系紧密束缚的情况下，一旦有人违规，亲朋好友也会被施加制裁，这也起到了一定的威慑作用。但在城市中，人们已从这种约束中解放出来。如何管理这群“陌生人”成为了现代社会面临的一个重要挑战。在19世纪巴黎确立的用指纹识别罪犯的方法，就是措施之一。[1]

现代社会科学的诞生也源于这种情况。英国法学家亨利·梅因（Henry James Sumner Maine，1822—1888）将从前现代到现代的转变定义为从天生的“身份”（status）到自主的“契约”（contract）的转变；德国社会学家斐迪南·滕尼斯（Ferdinand Tönnies，1855—1936）将其定义为从自然形成的“共同体”（gemeinschaft）到人为建立的“社会”（gesellschaft）的转变；法国社会学家埃米尔·涂尔干则将其

1　渡边公三：《司法同一性的诞生：市民社会中的个体识别与登记》，言丛社，2003年。（渡辺公三『司法的同一性の誕生——市民社会における個体識別と登録』言叢社、二〇〇三。）

定义为从同质成员之间简单的“机械团结”（mécanique）到分工化成员之间复杂的“有机团结”（organique）的转变。类似的理论还有很多，当然它们各有侧重点，但从宏观来看，核心问题是如何理解不受血缘和地缘关系约束的人群，也就是“社缘”。可以说，与现代关系紧密的社会科学正是从这个问题出发逐渐形成的。

我们可以将现代世界理解为这种源自西方的现代性向非西方世界扩散的过程（其中包含了殖民主义、帝国主义等暴力性的扩张），这个过程伴随着众多的抵抗和反动，最终覆盖了整个地球。英国社会学家安东尼·吉登斯预见其结果是随着传统影响力的减弱而导致的身份认同混乱。

> 凡是传统已经失去的地方，我们不得不以一种更开放和更能动的方式生活。自主和自由使得可以以更加开放的讨论和对话取代传统的隐藏力量。但是，这些自由同时也带来一些其他的问题。生活在自然与传统的另一面的一个社会（现在所有的西方国家基本上就是这样）与其他社会一样也需要在日常生活中做出决策。决策的负面是成瘾(addiction)和强制的出现。真正令人感兴趣的但也令人烦恼的某些事情在这里将继续下去。这个问题主要局限于发达国家，但是在其他地方的越来越多的富裕群体中也逐渐可以看到。我正在讨论的是成瘾这个

> 观念和事实的传播与蔓延。成瘾观念最初只是应用于酒精中毒和吸毒。但是，现在活动的任何领域都可能受到它的侵袭和影响。人们可能沉溺于工作、锻炼、饮食、性甚至爱情。其原因在于，这些活动以及生活中的其他活动比以前受到传统和风俗的影响越来越少。[1]

让我们试着重新表述一下吉登斯简洁而精辟的观点。自现代以来，社会变得更加多元化、复杂化，并不断地进行功能分化。这为我们带来了各种选择的可能性，即自由，但同时也无限地增加了伴随选择而来的风险。这就是所谓的“自我责任”。就这样，我们开始无法驾驭获得的自由。这就是现代社会的景象：非血缘非地缘的关系，也就是社缘，变得越来越突出，并不断扩大。

从伙伴到结社（前现代 / 现代）

如果要将“社缘”翻译成英语，association 似乎是个不

1　本段参照引用吉登斯 *Runaway World: How Globalization is Reshaping Our Lives* 中文版译本。安东尼·吉登斯：《失控的世界——全球化如何重塑我们的生活》，周红云译，江西人民出版社，2001 年，第 43—44 页。——译者注

错的选择。那么，自古以来，在日语中有没有类似的词呢？在我看来，“仲間”是一个有力的候选词。《日本国语大辞典》（小学馆，1975年版）[1]中记录了两个释义：

> 1. 一起做事的人。同类的人。朋友。伴侣。
>
> 2. 近世时期，为防止工商业经营上的弊端，增进共同利益而组成的同业者团体。获得官方许可的称为“株仲間”[2]，未获许可的仅称为“仲間”。

这两个词似乎都是近世以后才开始使用的。有点复杂的是，在某些方言中，“仲間”还有“亲戚”的含义。但反过来说，这也可能证明在日本，脱离血缘和地缘关系的纯粹“社缘”，形成得相对较晚。

无论如何，支撑社缘形成的是交通和通讯。要在血缘和地缘关系之外相遇并保持联系，人员的流动和媒体的作用是不可或缺的。例如，在超过一亿的日本人中，大部分人一生都不会见面，但尽管如此，仍能将彼此想象和理解为同样的“日本人”。从这个意义上说，民族国家是一个“想象的共同体”（imagined communities）。那么，是什么使这种想象成为可能呢？其中一个因素是，通过活版印刷术在全国范围内广

1 『日本国語大辞典』小学館、一九七五。

2 株仲間，专指江户时期获得官方许可的同业联盟。——校者注

泛流通的印刷媒体的存在。

例如，报纸为了通过大量印刷来扩大利润而使用标准语，但这反过来又促进了标准语的普及，使人们认识并想象到国家是标准语流通的空间。无论是在东京、北海道还是冲绳，全国版读起来都是一样的。这种机制被称为“印刷资本主义”（print capitalism）[1]。

事实上，现代的社缘，即结社，是通过出版杂志并招募同好而建立的。民俗学就是其中一例。在英国，提出“民俗学”（folklore）概念的威廉·约翰·托姆斯（1803—1885）于1849年创办了一本名为《札记与问答》（*Notes and Queries*）的杂志，副标题是“为文人、艺术家、古物爱好者、家谱研究者及其他人士提供的信息交流期刊”（a medium of inter-communication for literary men, artists, antiquaries, genealogalogists, etc）。

这本杂志的独特之处在于其版面设置：除了名为“札记”的论文外，还设有“问答”栏目，读者可以在此提问所需信息，其他读者则可以进行“回复”。这种机制使读者能

1　[美]本尼迪克特·安德森：《想象的共同体：民族主义的起源与流行》，[日]白石隆·白石沙耶译，Libroport，1987年（原著1983年）。（B·アンダーソン『想像の共同体---ナショナリズムの起源と流行』白石隆·白石さや訳、リブロポート、一九八七［原著一九八三］。）（Benedict Anderson，*Imagined Communities: Reflections on the Origin and Spread of Nationalism*，Verso Books，1983.）

NOTES AND QUERIES:

A MEDIUM OF INTER-COMMUNICATION

FOR

LITERARY MEN, ARTISTS, ANTIQUARIES, GENEALOGISTS, ETC.

"When found, make a note of." — CAPTAIN CUTTLE.

No. 1.] SATURDAY, NOVEMBER 3. 1849. {Price Threepence. Stamped Edition 4d.

NOTES AND QUERIES.

THE nature and design of the present work have been so fully stated in the Prospectus, and are indeed so far explained by its very Title, that it is unnecessary to occupy any great portion of its first number with details on the subject. We are under no temptation to fill its columns with an account of what we hope future numbers will be. Indeed, we would rather give a specimen than a description; and only regret that, from the wide range of subjects which it is intended to embrace, and the correspondence and contributions of various kinds which we are led to expect, even this can only be done gradually. A few words of introduction and explanation may, however, be allowed; and, indeed, ought to be prefixed, that we may be understood by those readers who have not seen our Prospectus.

"WHEN FOUND, MAKE A NOTE OF," is a most admirable rule; and if the excellent Captain had never uttered another word, he might have passed for a profound philosopher. It is a rule which should shine in gilt letters on the gingerbread of youth, and the spectacle-case of age. Every man who reads with any view beyond mere pastime, knows the value of it. Every one, more or less, acts upon it. Every one regrets and suffers who neglects it. There is some trouble in it, to be sure; but in what good thing is there not? and what trouble does it save! Nay, what mischief! Half the lies that are current in the world owe their origin to a misplaced confidence in memory, rather than to intentional falsehood. We have never known more than one man who could deliberately and conscientiously say that his memory had *never* deceived him; and he (when he saw that he had excited the surprise of his hearers, especially those who knew how many years he had spent in the management of important commercial affairs) used to add,—because he had never trusted it; but had uniformly written down what he was anxious to remember.

But, on the other hand, it cannot be denied that reading and writing men, of moderate industry, who act on this rule for any considerable length of time, will accumulate a good deal of matter in various forms, shapes, and sizes—some more, some less legible and intelligible—some unposted in old pocket books—some on whole or half sheets, or mere scraps of paper, and backs of letters — some, lost sight of and forgotten, stuffing out old portfolios, or getting smoky edges in bundles tied up with faded tape. There are, we are quite sure, countless boxes and drawers, and pigeon-holes of such things, which want looking over, and would well repay the trouble.

THIRD EDITION. 1

图 3-9 Notes and Queries

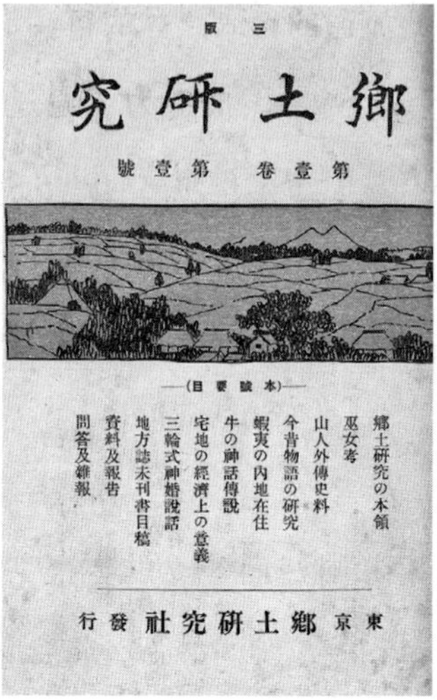

图 3-10 《乡土研究》

够通过投稿交换信息，展开讨论。众多业余研究者聚集在这本杂志上，随着大英帝国的发展，他们能够交换来自世界各地的信息，从而推动了英国民俗学的发展。

将这种学术状况介绍到日本的是南方熊楠（1867—1941），这位“知识巨人”既是生态学家，又是民俗学家。他于19世纪末在伦敦学习，并在《札记与问答》杂志上发表了大量论文。南方将刊登了自己文章的杂志寄给柳田国男，并向他提出了如下建议：

希望我国也能成立一个民俗学会。如果出版杂志的话，可以参考英国的《札记与问答》…… 如果能在文

学、考古学和里俗学的范围内，精选各人的随笔、问题和答复进行出版，我想会非常有意思。（1919年6月12日致柳田书）

出版杂志也是柳田自己的愿望，这个愿望最终通过《乡土研究》（1913—1918）得以实现。这本杂志与《札记与问答》类似，设立了“纸上问答”栏目，计划通过问答形式促进投稿者之间的交流。然而，问答形式并不容易固定下来，后来柳田向南方提出了如下请求：

关于“纸上问答”中的问题，我自己有很多，但其他人提出的问题多是“怎么样，你不知道吧”这类，与本意相违背。恳请您能写二三十个问题，如果能陆续刊登，相信一定会对自己和他人都有益处。希望能有一些普通人也能回答的问题，比如有趣的地方差异之类的，不需要查阅书籍就能回答的题目。”（1915年3月16日致南方书）

从中可以看出柳田的用心良苦，他不想让“纸上问答”止于卖弄知识，而是希望能促进同人之间的交流。此后，柳田和南方因理念不同而分道扬镳（这在民俗学史上是一件重要事件），但对“纸上问答”的探索并未就此结束。1925年，柳田与年轻学者们创办了《民族》杂志。在卷末的《编辑后记》中写道“无论多么简单的材料，都请踊跃投稿”“如有疑问，请毫不犹豫地提出来”，等等，表示欢迎读者就问题和回答两方面进行投稿。1935 年，借柳田 60 岁寿辰之际，“民间传承会”（后来的日本民俗学会）成立，并创办了会刊《民间传承》。柳田为创刊号撰写了题为《记录小问题》的卷首语，鼓励会员为“会员通信”栏目投稿。最终，柳田始终坚持问答形式，利用“杂志这个广场”建立投稿者即读者社区的目标贯穿了他的一生。

这种结社与杂志之间的关系，在现代结社中普遍存在。民俗学可以说是其中一个自觉性的实践案例。

既非血缘也非地缘的社缘，以及基于个人意愿的组织，并不是自然形成的。促进人与人之间相遇的沟通设计是不可或缺的，社缘本质上是一种媒介实践。

网络社区的光与影（现在）

互联网彻底改变了社缘的形态。换言之，在互联网出现之前，社会关系不可避免地带有一定的地域性。例如，尽管加入大学这个群体是自主选择的，但仍然无法完全摆脱地理位置的限制。从这个意义上说，摆脱空间限制的“纯粹”社缘可能只存在于“互联网时代”之后。

让我们像往常一样，通过极度简化的方式来审视互联网产生的社会关系。事实上，在互联网出现之前，通过通信线路建立社会关系就已经是可能的了。在20世纪80年代，通过电话线接入任意服务器，进行电子邮件和网络公告板等文本信息交换的“个人电脑通信”开始在一部分核心用户中普及（使用集中在线路费用较低的深夜时段，这也增强了其用户的“核心”属性）。然而，这是每个服务器独立的封闭网络，是在网络互相连接的“互联”网之前的基础设施。

被认为是互联网起源的ARPAnet于1969年开始运行。它在美国作为军事通信技术开发，连接了多个网络，并设有各种备份系统，即使部分网络遭到攻击，整体仍能继续运行。运行之初主要是参与开发的研究人员在使用，但参与的网络逐渐扩大。1995年，微软公司发布了可以轻松使用网络功能的操作系统Windows 95，之后互联网用户数量呈爆炸式增长。

在90年代，由于线路容量的限制，文本信息的交流是主流。基本形式是在网络公告板等平台上按顺序上传文本信息，然后对其进行回复。代表这一时期的巨型公告板[1]“2channel”上积累了匿名用户们良莠不齐的帖子，充

1　即中文语境中的网络论坛。——校者注

满了嘲笑“正经”的辱骂和脏话，但另一方面，互不相识的人之间也确实展开了独特的交流。2004年，一位男性在“2channel”（现在的5channel）网友的支持下，成功追求了在电车上偶遇的女性，这个爱情故事被改编成名为《电车男》的书籍、电视剧和电影，引发了一场轰动。这可以说是以文本为中心的在线社区的一个巅峰。

进入21世纪后，宽带高速大容量通信变得普遍，固定费率长期在线的互联网开始普及。互联网变得易于访问，使用搜索引擎“谷歌”、在博客（网络日志）上写作、在社交网络上交流，这些都变得非常简单。“推特”[1]和“脸书”都于2008年开始在日本运营。高速大容量化也促进了视频网站的诞生，这是一个划时代的发展。2005年创立的YouTube于2007年开始在日本运营，至今仍在产生大量视频内容及围绕这些内容的交流。在这一时期，互联网双向化的新阶段“Web 2.0”得到大力宣传，人们憧憬着美好的数字民主主义。

2007年，随着苹果手机的发布，智能手机和平板电脑等移动设备开始迅速普及。到2010年，在互联网终端数量上，移动设备超过了个人电脑，这极大地改变了线上世界的景象。移动设备上的社交网络使用从2012年到2016年增长了四倍，“随时随地使用社交网络”成为常态。结果，出现了

1　2023年7月24日起改名为“X”。——校者注

大量可称之为“连接依赖”的社交网络重度用户。正如“已读不回”这个词所象征的那样，在线世界变成了一个要求即时回复的共时性场所。此外，社交网络的算法倾向于推荐极端言论，使得“网络暴力”成为常态，呈现出一个以语言暴力无情攻击他人的数字地狱。而这种疯狂正在从数字世界反转到现实世界。2021 年 1 月 6 日发生的美国国会大厦袭击事件，正如特朗普总统的“推特”账号因煽动袭击而被永久停用所表明的那样，无疑是场互联网戾气的大爆发。

虽然还有很多值得记录的事情，但不得不再次惊叹于网络空间在短短四分之一个世纪多一点的时间里就实现了如此快速的增长。它一方面成为了我们生活中不可或缺的基础设施，另一方面却也成为了如此杀气腾腾的恶意滋生地。有一句博眼球的话说“互联网赋权的是狂热分子、变态和恶意投诉者”，我们需要仔细观察这种网络暴力的常态化到底给谁带来了什么好处。因为，对网络暴力的恐惧会抑制自由思考和言论，不可避免地导致知识创造的停滞。这不仅是对学术这一知识生产活动，也是对整个人类社会都构成了根本性的威胁。

当然，我们不可能回到“前互联网”的时代。我们现在所处的在线社区，可能就是一个不得不保持连接的“数字炼狱”。我们能否找到避免失控的方案？现在还没有人知道答案。

后现代的对面（现在2）

从伙伴、结社到在线社区，我们试着对社缘的现当代发展进行了巧妙地概述。最后，让我们尽可能简洁地审视一下作为“最大的社缘（或地缘关系）”的现代国家。

自20世纪80年代以来，西方发达国家推行了所谓的“新自由主义改革”。在财政重建的名义下，生活保障等各种公共支持被削减，结果导致公共教育质量下降，经济差距扩大。曾经以“从摇篮到坟墓”的全面公共服务而自豪的“福利国家”（尽管它源于世界大战时期的“战争国家”）已经完全消失，摇身一变成为“后福利国家”。回顾过去，福利国家是适合以福特主义为代表的工业资本主义的社会体制。国家的大力支持承担了教育和福利，健全的公共教育体系大量培养“同质化的国民”，这使得大规模生产和大规模消费成为可能，最终有利于工业资本的利益。

然而，在后福特主义和后工业资本主义时代，情况就不一样了。在一个通过多品种小批量生产实现差异化并最大化利润的世界里，比起“同质化的国民”，少数“高规格人才”与“其他大多数人”之间的分化才是推动资本扩张的动力。对“既得利益者”来说，维持福利制度的好处已经消失了。

近年来可以称之为现代“法治”崩溃的状况，其底层原因是经济系统的变革。以“解释性修宪”为代表的对法律条文的随意使用，反复销毁公共记录，法律面前人人平等原则的形式化，等等，政府的失误不胜枚举，但却只是停留在找借口的权宜之计上，几乎没有采取根本性的纠正措施。作为法治国家，难以接受的不透明利益引导和分配盛行，而当事人对此毫无羞耻之心，这就是当前的现状。不知道政界、官界和财界的要人们对此有多少自觉，但现在的国家似乎已经不再是为所有人服务的组织，而是在倒退回只为特定个人或团体谋利的前现代家产制国家。

麻烦的是，这种现代国家的功能失调表面上看是由选举制度造成的。无论称之为反智主义、象征性贫困还是后真相，尽管叫法不同，但本应受到新自由主义改革不利影响的群体却反而支持这种改革，甚至攻击反改革派，这种情况已经常态化。通过设定移民或敌国这种容易让人理解的“敌人”来解释国家危机的“爱国”叙事，通过互联网传播，获得了不容忽视的大量支持者。对事实的误解和逻辑的矛盾被弃置不顾。结果便是以表面上合法的程序，在实际上不断瓦解合法的制度。这可能是一条“曾经走过的路”[1]。

让我们总结一下。面对经济全球化的猛烈冲击，基于血缘和地缘关系的传统社区崩溃了，也给本应建立在现代性基础上的现代国家带来了功能缺失。人们一方面获得了访问由

1　指军国主义时期的日本。——校者注

科技支撑的广阔网络空间的自由，另一方面却仍然受制于从数百万年前就基本没有改变的肉体限制。血缘关系、地缘关系和社缘关系都不能维持现状，但也不可能完全消除。我们该如何做到构筑并实现接下来的人际关系呢？目前，我们只能耐心地继续解决这些看似无解的难题——在我（们）的日常生活中。

【调查问卷摘录】
“我的社缘团体”

从朋友圈子到大型企业，社缘团体在目的、规模和组织化程度上呈现出千差万别，但对学生来说最熟悉的，首先是学校的社团活动和学生社团吧。光是学生社团就有文科、理科、体育、表演、志愿服务等各种各样的活动和组织，开展社会贡献等对外活动时，甚至有些还会像一般企业那样进行组织管理。学生们也会随着升入更高年级开始承担起更重要的角色，体验组织运营的烦恼。

先从贴近学生生活的地方开始介绍，毫无疑问，食物是连接人与人的重要契机。

自炊同好会

自炊同好会是一个由住宿学生志愿组成，成员不足10人的小集体，在宿舍不供餐的周末开展活动。在超市大量采购食材性价比会更高，但一个人又吃不完。为了解决这一问题，有同样困扰的人聚在一起分享食材，有时还一起做饭。多亏了这个同好会，我们可以无所顾虑地购买特价商品了。谢天谢地。就算做出了难吃的东西，大家一起吃也变得美味了。感激不尽。

歌舞音乐作为人们聚集的机会也很重要，但大多需要广场或剧场等表演空间，这或许是其独特之处。

吉他俱乐部

2021年4月，由京都大学的五名大二学生创设的“鸭川吉他俱乐部”，每周两三次，从傍晚开始在鸭川三角洲各自自由地弹奏原声吉他。好像是五个人以闹着玩的心态开始的，但经过社交媒体传播，仅仅三个月成员就增加到了八九十人。不问年龄、性别及其他一切社会身份，任何人都可以在喜欢的时候参加，按照规则开展活动。其中有的人是由于租住的地方禁止弹奏乐器，正愁找不到练习场所时，得知了这个俱乐部的存在而参加进来。他们除了能够大大方方地练习之外，还感受到了通过音乐与各种各样的人交流的乐趣。对于因为上网课交不到朋友而消沉的我来说，实在是万幸。

另外，美国社会学家雷·奥尔登伯格（Ray Oldenburg，1932—2022）将既非家庭也非职场的栖身之所称为“第三空间”，并呼吁其存在的重要性。练习乐器的人、慢跑的人、捕鱼捉虫的人、晒太阳的人，还有等间距情侣[1]，各种活动杂然并存的京都鸭川河畔可以说是绝佳的“第三空间”。

一年中的传统节日是人们聚集的重要机会。地区的祭典活动也是如此，不仅有游客，还有经营庙会摊位的小贩等从各地赶来的人们增添了热闹的气氛。可称作祭典之花的神轿，也有不少是从其他地区来参加的。

神轿会

我在今年春天所加入的“神轿会”参加了京都市内的各种祭典，负责抬神轿。

会长从小就在当地抬神轿，在各个地方都有人脉，似乎是通过这些关系让我们参加抬神轿的。

会长常说“互相帮助很重要”。我觉得这是由于近

1　源于京都鸭川的“等间隔法则”，具体表现为坐在鸭川岸边的多对情侣间始终以相同的距离相隔而座的现象，且当有新的一对情侣入座时，两边的情侣会相应移动，以保持情侣间的间隔。——译者注

年来本地年轻人参与较少，缺少足够的抬轿人，于是会从别处请人帮忙，而当我们得到帮助后，也会作为回礼派人去帮忙，大家就这样互相帮助。

文中已多次指出，网络极大地动摇着人与人之间的联系。与此相关的学生问卷也有很多，网络游戏交友、插画和音乐创作同人团体、偶像和艺术家的粉丝社区等，它们各自都在开展着独特的活动。

淡水鱼圈

我从初中时期就加入了淡水鱼爱好者的松散社区，将日本淡水鱼类爱护会的论坛和推特作为主要阵地，也以个人网站和其他社交媒体等，在线上保持着松散的关系，该社区的参与者包括初高中的生物社团成员、作为业余爱好者的社会人士、大学生、研究生、研究者等，大家积极地投稿各自采集到的淡水鱼照片，共享观察和研究成果。不问年龄和身份，成员们都能够尽情畅快地谈论淡水鱼，而且最新的信息和精彩的图片也在此不断涌现，这样的淡水鱼圈对我来说是一个舒适的空间。还有一个优点是，如果出现错误的物种鉴定，能够立即得到专业研究者或准专业爱好者的适当纠正。学会和研究发表会变成了“线下聚会”，这也是其有趣之处。

在这种良性的网络社区存在的同时，充满恶意和憎恨的网络空间也在扩大，后者有时还会转化为线下的犯罪和暴力，这也是无法回避的现实。尽管如此，我也不想忘记，通过连接彼此陌生的人们，网络也能够产生肯定人生的积极力量。

互助小组

我患有进食障碍，曾经参加过在网上设立的、供患有同样疾病的人们互相倾诉或商量日常烦恼的聚会。由于我平时不怎么通过网络进行对话所以很紧张，但被告知“即便不发言只是听听别人的事情也是可以的”，由此得以抱着轻松的心情参加，这个聚会也成为了拓宽自己视野的良好契机。

最终，人与人的连结，既会成为支撑生活的羁绊，也会化为腐蚀生活的枷锁。通过构建社会来适应世界的人类，现在也许正对自己所建立的羁绊与枷锁那盘根错节的关系，而感到茫然失措。那么，该从何处着手呢？虽然令人苦恼，但也不能就此放任。

【拓展阅读】

社缘作为指代血缘地缘“以外”关系的权宜性用语，其所指的对象缺乏统一性。无论是仅有的几个朋友，还是员工超过数百万的巨型企业，都同样属于社缘的范畴。因此，思考社缘的作品也有各种各样的类型，这里试着从对普通人来说比较熟悉的方面开始介绍。

米山俊直的《日本人的伙伴意识》（讲谈社现代新书，1976）[1]是“社缘”概念提倡者（之一）的一本简洁的著作。作者既是非洲研究专家，也是精通日本的村落、町市（以京都祇园祭和大阪天神祭等都市祭礼研究而闻名）的文化人类学者，他批判了中根千枝将垂直等级制视为日本社会基本结构的“纵向社会论”，重新发现了日本社会中横向纽带的谱系。

从战争中解放出来的同时，社团席卷了全国各地，将男女老少全都卷入其中。天野正子的《“交往”的战后史：社团网络开拓的地平》（吉川弘文馆，2005）[2]一书概观了“社团”的兴衰。从生活中的困扰到对冷战体制的抵抗，描绘出面对各种课题的人们通过面对面和社团杂志进行交流活动的姿态，及其时代局限性。本书本身就是对战后文化运动产生

1　米山俊直『日本人の仲間意識』講談社現代新書、一九七六。

2　天野正子『「つきあい」の戦後史——サークル·ネットワークの拓く地平』吉川弘文館、二〇〇五。

巨大影响的社团“思想的科学研究会”的成果，这一点也很有趣。

网络空间的快速扩张正引发多方面的社会变化。北田晓大《爱戏谑的日本的“民族主义”》（NHK图书，2005）[1]分析了2000年代的网络论坛社群。在以文字为基础的交流中形成的“惯例”推进了对“严肃”冷嘲热讽的态度，催生了网络右翼这一新兴的政治立场，对这一过程的概观是思考日益棘手的网络空间的宝贵参照。

谷口功一、小酒馆[2]研究会编著的《日本夜晚的公共领域——小酒馆研究序说》（白水社，2017）[3]是一本很有想法的作品，深入探讨了面对面交往所培育的社会关系。德国社会思想家尤尔根·哈贝马斯（Jürgen Habermas，1929— ）提倡的“公共领域”这一概念，着眼于在英国的咖啡馆那样的场所里，陌生人们通过相遇和讨论所产生的公共性。本书从遍布日本的小酒馆同样具备公共领域功能的假说出发，解

1 北田暁大『嗤う日本の「ナショナリズム」』NHKブックス、二〇〇五。

2 小酒馆（スナック）是一种日本特有的服务业态，一般由女性经营，隔着吧台为客人提供酒水、小食和聊天服务。与一般意义上的酒吧相比，给人一种更加放松、亲切的氛围，更容易形成人与人的交流。——校者注

3 谷口功一·スナック研究会編著『日本の夜の公共圏——スナック研究序説』白水社、二〇一七。

明其制度性、社会性根源，揭示酒和卡拉OK所产生的“日本式”公共性的真实情况。

最后，让我们以田野大辅的《法西斯主义的课堂：群体为何陷入疯狂》（大月书店，2020）[1]一书，考察社缘的失控现象。作为历史社会学者的作者策划了“法西斯主义”的体验学习，让参与者体验角色扮演，身着白衬衫黑裤子的制服，高呼“万岁·田野！”来赞颂作者，并对“现充”[2]群体进行检举与攻击。参与者持续升级的攻击性，有力地说明了法西斯主义并非单纯通过外部强制实现，而是参与者“自发”和“积极”的结果。

人类可以成为为了某人、与某人一起施暴的存在。该如何接受这一事实，又该如何能够将其驾驭？人类史的困惑（aporia），至今仍然是困惑。

1　田野大輔『ファシズムの教室——なぜ集団は暴走するのか』大月書店、二〇二〇。

2　现实生活充实的人。——译者注

专栏4 倾听[1]的绝望与喜悦

附图3 边看牌位边听故事

“边听边记”，即采访工作，是民俗学基础且根本的调查技巧。暂且让我们专注于“听”这件事，如前所述，先于其学术性，“听”更是一种日常生活技能。因此，笔者希望通过扩展自身的日常生活来提高这方面的水平。

话虽如此，但说实话，笔者从未觉得自己擅于“倾听”。尽管有很多次听完讲述后，笔者会感到很感动、很兴奋——也正因为有这样的感动，笔者才能够继续这个事业——尽管如此，笔者也没想到什么在技术上有所进步的事例，“无所适从”的经验倒是不少。积累了经验后，原以为自己有了足够的胆识，但问话，特别是对第一次见面的人问话，每次都是“初体验”，对其他人有效的方法，换一个人就不一定了。

因此，笔者还未想好究竟要如何提高自己的水平。如果硬要说些一般的观点，就是不要用连自己被问到都会感

1 原文“聞く”，既有“倾听”也有“询问”的意思，从动作的目的来讲都是想听到对方所反馈的东西。——校者注

到不适的提问方式去问别人。如果自己也不愿意与不了解底细的人交谈，那就务必仔细说明立场和采访目的。如果自己也会对模棱两可的问题犯难，那就必须尽可能提出具体的问题。最重要的是，人们不愿意认真回应那些不尊重他们的人。因此，尊重说话者至关重要。

再列举一些技术上的建议——如果将自己想象成受访者会更容易理解——如果有具体的线索，那么想要问出具体的问题就会更容易。例如，如果要询问某个地区的情况，最好在面前放一张该地区的地图；如果想询问过去的事情，那么翻看旧相册等会更容易唤起各种回忆。此外，在征得说话人同意的情况下，使用录音、录像等记录工具也很有效。将记录的任务交给设备，人就可以集中精力在倾听和提问上。

说到底，“边听边记”本质上是说话者与倾听者兼记录者之间对话的记录，且始终局限于双方相遇的“当下”。因此，若要问及其讲述内容的真实性，往往都免不了有所怀疑。尽管如此，眼前这个人所讲述的现实是极其丰富的，而通过与各种资料进行比对，活用这种丰富性，正是“边听边记”作为一种学术能力的职责所在。

有无数的事情需要思考，但首先，只要觉得听到了哪怕一点有趣的事情，就好好地记下来，从这一点开始做起就可以。这些积累将有助于耳朵和大脑的发展。

终章

作为资料的我们：民俗学的目的和方法

面向“普通人”的“日常生活”

让我们重新确认民俗学作为一门学问的基本定义（在序章当中所谈及的“学问”包含着前学科的不足与模糊性，因而使用片假名表记，但在终章里要讨论的是学术规范，所以采用汉字书写。）。这种确认过程虽显烦琐，或许缺乏趣味性，但作为一门学问，这是必要的程序。此外，为顾及初学者，我们将尽可能省略一些可以简化的内容来展开讨论。

通常认为，学科领域是由其研究对象来界定的。经济学研究经济现象，物理学研究物理现象。然而，这只是必要条件，而非充分条件。例如，以《万叶集》为例，若将其作为古代和歌研究，则属于日本文学范畴；若作为古代日语研究，则归入日语学；若从和歌内容出发研究古代社会，则属于日本史学范畴。由此可见，学科领域并非仅由其研究对象决定。

为何研究、研究什么对象、采用何种研究方法，这三者之间的关联决定了学科的范畴。因此，仅仅说民俗学是研究民俗的学问——即使暂且搁置“何为民俗”这一问题——

仍然不够，我们必须厘清为何要研究民俗、采用何种方法进行研究，以及这些要素之间的关联性。

首先，让我们探讨民俗学的目的。日本民俗学创始人柳田国男认为，民俗学旨在探究普通人的日常生活及其发展至今的历史脉络。他认为，要改善社会现状，必须理解现状的形成过程及其问题所在，没有这种认识，改良就无从谈起。为了创造更美好的未来，必须准确把握现在及塑造现在的过去。这就是柳田民俗学所高举的理念——“经世济民”。

值得注意的是，柳田本人从未怀疑学问应当对社会和人类有所裨益，但实际上，追求“有用”的研究并不一定能产生预期效果。科学史上有无数案例是无意于有用的研究却发挥了实际效用。追求实用性的研究固然无可厚非，但非实用性研究也并非毫无价值。我们暂且搁置实用与否的区分，试着尊重事实与逻辑。通过这种方式，我们得以生产、发布、更新和积累关于宇宙万象（universe）的普遍性（universal）知识。

笔者认为，通过这种方式，最终以一定概率提供“有用的知识”，便是作为“制度”的大学及学问存在的意义。[1]

回到民俗学的目的，“为了创造更美好的未来而深入认

1　参见吉见俊哉《大学是什么》，岩波新书，2011 年。（吉見俊哉『大学とは何か』岩波新書、二〇一一。）

识过去”这一目标，应当能获得多数人的认同。或者说，这种目标设定似乎适用于一般历史科学，甚至可推及一般人文社会科学。反过来说，民俗学在这一层面上似乎缺乏特殊性。确实如此。民俗学的独特之处并非在于其目的本身，而在于其对研究课题的“对象”与“方法”的设定。

超越文字文献的限制

如果民俗学的目的在于考察“普通人”的“日常生活”及其过去和未来，那么应当基于什么样的研究对象?

试想，我们当今的日常生活将以何种形式遗留到一百年后。首先，我们自身书写的文字，以及与我们相关的文字记录（户籍、成绩单、纳税单等）很可能在一百年后仍然存在。就传承给未来的资料而言，文字（符号）应当是首选。

然而，不仅如此。我们使用的工具、设施等物质遗存，也可作为将我们的生活传达给后世的线索。此外，铭刻在人们脑海中的记忆也可能传承至百年之后。即便个人难以直接传递，但这些记忆可以通过代际传承，从父母传至子女，再从子女传至孙辈，最终流传至后世。

总的来说，能够跨越时间传递的资料大致可分为三类：文字（符号）、物质遗存、（身体性）记忆（这三类记录的某些部分或某些方面可通过技术转化为数字信息，这可能具有数字信息特有的优势与局限性，但这个问题暂且搁置）。进一步而言，我们可以说，处理文字（符号）的是文献史学（历史学），处理物质遗存的是考古学，处理（身体性）记忆的则是民俗学。

那么，接下来的问题是，在这些不同类型的资料中，哪一类最适合研究“普通人”的“日常生活”？通常，研究历史时使用的是史料，即文字资料。诚然，文字资料使我们能够通过阅读了解过去的事件，而且往往详细记录了年月日，是了解过去极为便利的材料。历史学实质上等同于文献史学，即对文字资料的研究，这并非没有道理。

但是，仅仅依靠文字资料是否足够？能否通过文字资料追溯“普通人”的“日常生活”？这就是我们的疑问所在。对此，柳田国男给出了否定的答案。

将我国可敬可爱的农民历史简化为一系列一揆嗷诉[1]与风水虫害[2]，坦白说，这是文献主义的过错。[3]农民“苦于天灾、狂于暴动”的形象，仅仅是文字资料的产物。为什么会这

1 一揆和嗷诉都是日本古代农民以集团形式向统治者表达诉求的行动。——校者注

2 指台风、洪涝和虫害。——校者注

3 ［日］柳田国男《国史与民俗学》，1944年，《柳田国男全集》，筑摩文库版全集第26卷，第418页。（柳田國男『国史と民俗学』一九四四、『柳田國男全集』ちくま文庫版全集26、四一八頁。）

样？文字资料只能由具备相应素养即读写能力的人留存，而这种能力在历史上越往前追溯，就越局限于“特定群体”。而且，被记录的内容往往不是理所当然地反复发生的“日常生活”，而是倾向于在记录留存的意识驱使下所记载的“特殊事件”。

就农民形象而言，关于近世农民的记载主要来自于具有读写能力的统治阶层，他们最关心的是年贡能否按时收上来。若是发生意外事件，诸如“一揆嗷诉”“风水虫害”之类，他们就会非常着急地将收入危机以文字记录下来。这些遗留下来的文字资料塑造了“苦于天灾、狂于暴动”的农民形象。然而，这只是通过文字资料管窥近世农民的一个侧面，而非其全貌。诚然，文字资料使用便利，但它本质上局限于“特定群体”对“特殊事件”的记录，因此作为揭示“普通人”的“日常生活”的资源而言，不得不说是不完善的。

为避免误解，需要补充说明的是，柳田对史学的这种批评后来得到了文献史学界的认真对待。就近世农民而言，通过对各类文献资料的多角度解读，其历史实态已得到深入阐明，那种仅着眼于“一揆嗷诉”和“风水虫害”的农民形象，可以说已经成为过去。文献史学的这种进展对民俗学而言是可喜的现象，同时也要求民俗学思考如何回应这种进展。尽管如此，文字资料在原理上的局限性仍然存在。让我们基于这一认识继续讨论。

我（我们）就是资料

仅仅依赖“文字资料”存在局限性。那么，为了突破这种局限，必须发掘新的资料富矿。在此，我们发现了“民俗资料”。它是什么？它就是“普通人”的“日常生活”本身，更确切地说，就是过着这种生活的我（我们）自身。

为什么我们能成为“资料”？让我们循序渐进地加以说明。我们每个人都在进行着“日常生活”。这种日常生活是由无数生活方式的组合构成的。早晨起床、洗脸、刷牙、穿衣，这一系列行为并非生物本能，而是通过后天习得的。

而且，这些行为虽然发生在当下，但确实具有“历史纵深”。例如，“使用筷子”这个每天重复的普通行为，并非我们此时此刻发明创造的，而是由周围的长辈教授的，这些长辈又是从他们的长辈那里学来的，如此可以追溯到遥远的过去。语言也是如此。我们现在说的话，其大部分都是由过去的人创造、使用并传承下来的。这样看来，我们的日常行为虽然发生在当下，但真正属于我们自己发明创造的部分极其有限，大部分都依赖于过去的人们。我们自身就是承载着“历史”的“资料”，正是在这层意义之上。

不怕误解地打个比方，我们就像安装了无数应用程序的智能手机。如同运行着各种应用程序的智能手机那样，我们也能够做出各种行为，但这些行为大部分都类似于从外部安装的应用程序所具备的功能，而通过这种“安装”的过程，我们必然与“历史”建立了连接。

这里的难题在于，虽然我们承载着“历史”这一点是确定的，但要如何提取这些“历史”呢？

这是因为，尽管“历史”铭刻在我们身上，但我们的行为始终属于“现在”。如果我们真的是智能手机，那么询问应用程序的开发者就能解决问题，但遗憾的是，铭刻在我们身上的“历史”，其源头和形成时期都极其模糊。那么我们该如何应对？

柳田国男在《蜗牛考》（1930）中巧妙地展示了解读这一历史的可能性。“蜗牛”指的是童谣[1]中唱到的蜗牛。柳田收集并研究了全国各地关于蜗牛称谓的报告。研究结果显示，在历史上作为日本文化中心的京都及其周边地区，主要使用デンデンムシ（デデムシ）的称呼，而向东西方向稍远处则使用マイマイ，更远处使用カタツムリ，再远处用ツブリ，最后在东北和西南的边缘地区则使用ナメクジ。柳田指

1　童谣原文为“デンデンムシ、カタツムリ”。意思是“从壳里钻出的虫子是蜗牛”。其中“デンデン”被认为是“デ、デ”即“出来、出来”的方言说法；“ムシ”是“虫”；“カタツムリ”则是“蜗牛”。——校者注

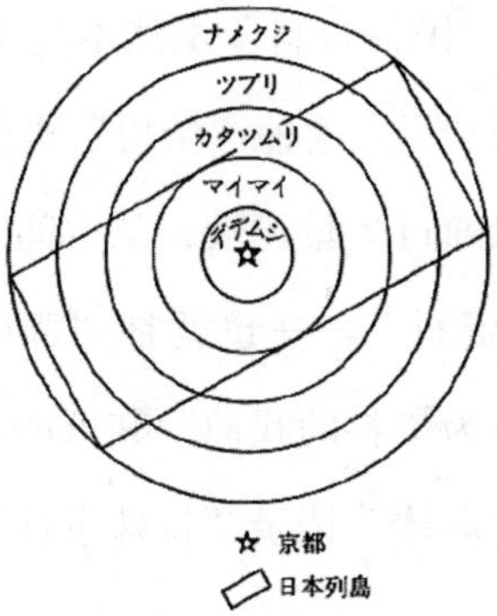

图 4-1 《蜗牛考》中蜗牛方言的分布

出："如果日本不是这样一个细长的岛国，方言的分布很可能会以近畿地区为圆心，逐渐形成若干个同心圆。"[1]（《蜗牛考二》，《人类学杂志》第 42 卷第 5 号，1927 年，第 166 页。）蜗牛一词的方言分布可以视为以京都为中心的同心圆，类似于水面上的涟漪从中心向周边扩散，由此可以解读出时代差异，即中心区域的称呼较新，而周边地区的称呼较古老。通过空间差异来把握时间演变并非不可能。

但需要补充说明的是，实际上能发现这样"完美"的同心圆分布的案例是很稀少的，而且蜗牛一词的方言分布本身也存在争议。不过，"某一现象的分布反映了其历史"这一论

1　柳田国男：《蜗牛考（二）》，《人类学杂志》第 42 卷第 5 号，1927 年，第 166 页。（「蝸牛考（二）」『人類学雑誌』四二巻五号、一九二七、一六六頁。）

点是可以接受的。“民俗资料”虽然本身永远属于“现在”，但必然承载着“历史”。这种“历史”虽然无法从单一个体中观察到，但可以通过大量比较，从空间差异中提取时间差异。在此，“民俗资料”——也就是“普通人”的“日常生活”本身，即“作为资料的我们”其可能性得以确立，它能够补充作为“特定群体”记录“特殊事件”的文字资料的不完备性。

需要说明的是，“民俗资料”在强调其作为人与人之间传承的事物这一方面时，被称为“民间传承（popular tradition）”或“传统（tradition）”，有时也简称为“民俗（folklore）”。而“作为资料的我们”在强调这种人的属性时，则被称为“常民（common people）”。这些概念虽然侧重点不同，但在很大程度上相互重叠，对初学者而言，将它们视为实质上相同的概念也无大碍。

作为指导方针的“三分法”

单一个体无法显现的历史，可以通过大量数据的比较而得以可视化。对于民俗学这一学术探索而言，“比较”是不可或缺的程序，为了恰当地执行这一程序，“采集”即数据采样成为关乎学科根本的重要课题。如果样本存在问题，基于此

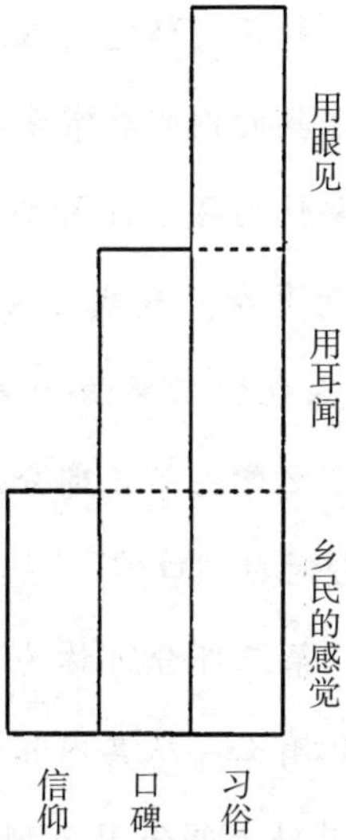

图 4-2　用眼见、用耳闻、乡民的感觉——三分法

进行的比较操作及由此得出的分析结果就会变得不可靠。为了避免这种情况，一种符合资料性质的采样方法被提出来，即称作“三分法”的民俗资料分类方法。

柳田国男在阐述其方法论的《民间传承论》（1934）中如此写道：

> 我按照最自然的顺序制定了方案。即，将可见的资料作为第一部分，将可闻的语言资料置于第二部分，将只有通过最微妙的心意感觉才能理解的内容归入第三部分。眼睛从探访和采集的一开始就能发挥作用，且能够

从远处进行观察。村落、住宅、衣服等，我们的研究资料中可以用眼睛采集的内容非常多。继眼睛之后发挥作用的是耳朵，但要使用耳朵就需要走近对象。心意的问题比起前两者更为复杂。我戏称第一部分为旅人之学，因为这是过路旅人也能采集的领域。依此类推，第二部分可称为寄居者之学，第三部分则为同乡人之学。另外，由于第二部分对应“口碑”[1]一词，我认为第一部分可称为“体碑”，第三部分可称为“心碑”。虽然可以赋予各种名称，但有必要从其内容出发分别考察各个部分。第一部分从其映入眼帘且表现于生活的特点来看，可称为有形文化、生活技术志或生活诸相。（中略）第二部分涵盖所有语言艺术或口承文艺。这与眼睛的学问不同，是必须在当地停留一定时间，通晓当地语言才能理解的领域。（中略）第三部分包含所谓的民间信仰等内容，这是只有同乡人、同国人才能理解的部分，我认为这正是乡土研究意义的根本所在。[2]

1　此处指“口头传承”，以下“体碑”“心碑”也分别为身体传承、心理传承。——校者注

2　［日］柳田国男《柳田国男全集》，筑摩文库版全集第12卷，第371—372页。（柳田國男『柳田國男全集』ちくま文庫版全集12、三七一～三七二頁。）

虽然他用不同方式反复解释了几乎相同的内容，但也可以整理如下：第一部分“有形文化”是日常生活的物质层面，因其作为物体，是可见的存在，故可通过眼睛观察，也意味着旅人即任何人都可以采集。第二部分“语言艺术”是生活中的语言活动，因其通过口述、耳闻获得，故必须由寄居者即通晓该语言者来采集。到这里为止应该很容易理解。

表 4-1　民俗资料采集的“三分法

	名称	存在形态	感觉器官	采集主体
第一部分	有形文化	体碑	目	旅人
第二部分	言语艺术	口碑	耳	寄居者
第三部分	心意现象	心碑	心	同乡人

问题在于第三部分“心意现象”[1]。铭记于心、以心感知的资料究竟是什么？一提到“心”这个词，可能有人会认为有远离学术严谨性的倾向，但这里讨论的仍然是采样的技术问题。这是什么意思呢？例如，心意现象之一是“禁忌”。“晚上不能剪指甲”“在山中不能说‘狼’字”等，这些以行为禁止或禁语形式传承的民俗资料，究竟应如何观察和采集？作为物体或行为而可视化的内容可以用眼睛采集，但对于“不能做某事”这样“不被做出的事”却无法进行观察。可

1　“心意现象”，是柳田国男提出的民俗学概念，指的是只有诉诸感觉才能理解的事象，并且具有一定的无意识性。例如民间信仰、迷信、巫卜等现象。——校者注

以口述的语言能够用耳朵采集，但对于“不能说某话”这样“不被说出的话”却无法进行听取。

禁忌这种事情因为既不以行为显示，也不以语言表达，所以无法通过眼耳进行采样。那么，究竟谁能观察到它呢？只能是内心感受到“不能做某事”“不能说某话”的当事人本身。铭刻于心的民俗资料即“心意现象”，只能通过内心感受来观察，而能做到这一点的只有当事人即“同乡人”。

这样，将“民俗资料”即我们的日常生活本身，按照其存在形态、感知器官、采集主体之间的关联性分为三类，作为数据收集的指导方针，这就是“三分法”。

走向“作为资料的我们”所编织的世界

让我们总结一下。民俗学是一门致力于阐明“普通人”的“日常生活”为何发展至今日形态的学问。没有对“过往”的充分理解，就不可能有丰富的“未来”。通过学问为社会改良作出贡献，这正是柳田国男寄托于民俗学的愿望。

然而，民俗学真正独特之处在于其研究对象的设定及操作方法。为了克服文字资料的本质性局限，将过着日常生活的我们自身视为承载着“历史”的“民俗资料”，通过对这些资料的不懈采集与比较，开拓历史/社会/文化理解的新领域。

“我们即是资料”这一资料观的哥白尼式转向，以及根据资料的存在形态，建立对应的观察感官与观察主体的方法，可以说是民俗学这门学问最重要的方法论贡献。

需要说明的是，民俗学被称为“内省之学”，首要意义在于方法论层面，可以认为与“内省”一词表面含义所关联的道德性暂且无关。在本章最后，我想提醒读者注意避免对“民俗资料”和“三分法”的误用。首先是可称为“心意现象中心主义”的误用。这可能部分源于柳田说“我认为这正是乡土研究意义的根本所在”，但将“心意现象”视为民俗学的终极目标，有轻视“有形文化”和“语言艺术”的危险。然而实际上，像“民间信仰”这样仅以“心意现象”形式存在的民俗资料是罕见的，具备三个方面特征的现象才更为普遍。将仅凭心意感知的“心意现象”特权化是不恰当的，采集中的实际情况也不允许这样做。“以心感知”应该是将“用眼观察”与“用耳聆听”结合起来的一种创造性实践。

与此相关的是可称为“同乡人至上主义”的误用。由于观察“心意现象”的主体被规定为“同乡人”，因此存在将民俗资料的终极理解者固定为“同乡人”或“同国人”，这有着排斥外来者和外国人观察的排外主义危险。

然而实际上，能够以心感知任一现象的主体并不一定由居住地或国籍决定。例如，老化带来的困难会被老年人感同身受，胯下受到重击的疼痛会被男性感同身受，分娩时的疼痛会被经历过生产的妇女感同身受。“当事人”的实质会随观察对象的设定而变化。“三分法”是一种确认观察者与现象之间距离的检查清单，而不是为了先验地将某些特定观察者绝对化。

最后，我们要明确指出，“民俗资料”这一概念是为了克服文字资料的不完备性而对资料概念进行扩展的尝试，它从未主张文字资料是不必要的。正如文字资料有其不完备性一样，民俗资料也有其固有的局限。我们需要的是正确认识各种资料的性质所带来的局限，在此基础上充分利用各种资料所蕴含的可能性。归根结底，无论是文字还是其他形式，尽可能利用一切可用资料这一“资料论折衷主义”，是在方法论上非常重要的态度。

民俗学是一门从“作为资料的我们”出发的学问。为了解放承载于我们身上的“历史”，需要磨练出能够使自己的感官变得敏锐的观察力。同时，必须与同样承载着“历史”的他者进行比较，每个“资料持有者”都应当以“研究分担者”的身份参与采集和比较的实践。

民俗学是一种通过自身的资料性为媒介来建立认识的方法论上的挑战，也是构筑本方法论使用者合作关系的行动论上的挑战。

以“作为资料的我们”为媒介，在认识层面和实践层面上重新编织我们所生活的世界。民俗学的野心始终是激进的。

专栏5　阈限民族志学家

在终章之后还有专栏，这样的结构虽显拖沓，但仍有需要介绍的内容，也就没办法了。这个为学术规范入门指导而设置的专栏中的最后一篇，我想将其献给那些以非凡的观察力捕捉世界，并以独特的表达方式准确创作的先驱们。为了向他们不拘泥于学科界限的跨界贡献表达敬意，我称他们为“阈限民族志学家（Liminal Ethnographer）”。Ethnographer 即“民族志学家 / 民俗志学家”。

木下直之（1954—　）本应是一位专攻美术史的美术馆研究员，但在走访各地寻找车站前铜像的胯部表现的过程中，其探索范围逐渐超越了“美术”的界限，最终开创了一门被称为“文化资源学”的独特学问，堪称天才。其作品《图有其表之城：通勤篇》（朝日文库，1999）[1]记录了他在上班路上的观察，尤其精彩。

都筑响一（1956—　）也是当代少有的全能型同时代记录者。虽然是职业生涯起始于艺术设计领域的作家，但他能够独自完成策划、采访、摄影、写作和编辑等工作。

1　木下直之『ハリポテの町——通勤篇』朝日文庫、一九九九。

他的研究范围涵盖食物、建筑、时尚，以及小酒馆、情色展览馆、嘻哈等各种民俗主题，无人能及。他多样化的活动在《圈外编辑》（朝日出版社，2015）[1]中有详细记载。

格里高利青山（1966— ）生于京都，在大阪二手书店打工的同时学习设计，并以背包客身份周游世界。她以独特的感性在散文漫画中描绘本地的琐事。虽然她关于亚洲和京都的作品都很有魅力，但在此特别推荐《文文堂的小格！大阪二手书店打工日记》（筑摩文库，2013）[2]。

石井光太（1977— ）是一位不断发表争议性作品的非虚构作家。他走访与佛教所说的“生老病死”相关的严酷现场，如灾害、贫困、暴力、疾病等，不仅揭示各种悲剧的结构，同时也展现了在苦难中坚韧生存的人们的尊严。《让我们谈谈真正的贫困：改变未来的方程式》（文艺春秋，2019）[3]是一部杰作，用具体而易懂的语言呈现了一个充满压迫的世界。

最后，我想提到法国文学学者桑原武夫（1904—1988）。他是以“第二艺术论”而闻名的批评家，作为新

---

1 都築響一『圏外編集者』朝日出版社、二〇一五。（简体中文版《圈外编辑》，黄鸿砚译，由理想国·广西师范大学出版社2021年出版。——校者注）

2 グレゴリ青山『ブンブン堂のグレちゃん——大阪古本屋バイト日記』ちくま文庫、二〇一三。

3 石井光太『本当の貧困の話をしよう——未来を変える方程式』文藝春秋、二〇一九。

京都学派的领军人物而备受推崇，但他的真正才能在于记录其所处的时代。虽然在他的所有著作中都能看到他周遭的具体情况，但其中生动描绘他所敬爱的先驱们的杰作《人间素描》（文艺春秋新社，1965）[1]，让中国文学学者竹内好（1910—1977）感叹“如果能写出那样的文章，死而无憾”。

以上仅选择了五位令笔者既嫉妒又羡慕的时代观察者和记录者。虽然每人只介绍了一部作品，但他们的其他作品也都保持着极高的水准。我希望能从这些“阈限民族志学家”的作品和方法中偷师到一些东西。就像这样，找到值得当作目标的先驱，必定能成为进步的契机。

1　桑原武夫『人間素描』文芸春秋新社、一九六五。

后记　“自掘坟墓”的入门书，或者说，写这本书的缘由

总算写完了。虽然一开始是凭着一股蛮劲开始写作，但结果比预想地更暴露了自己的学识不足，即使现在写完了，也远谈不上成就感。就算这样，我也想最后阐述一下我是如何产生必须要写一本入门书的想法的。像往常一样，带着几分辩解。

“入门书是已经无法进行研究的人写的东西。”我曾听到过这样的评价。意思是因为无法在第一线进行研究，所以跑去写入门书。我认为这种说法不无道理。我自己也曾想过，与其花时间和精力写入门书，不如投入到其他研究中去。因为我觉得应该在取得一定成就之后再写入门书更妥当。尽管如此，之所以决定尝试写作，是因为找不到其他合适的入门书。也可以说，是因为对现有的入门书不满意。

我从2003年开始在大阪市立大学[1]文学部担任兼职讲师时，开始负责民俗学入门课程。该校曾有三品彰英、平山敏治郎等著名民俗学者执教，不知是福是祸，当时正值专任教师空缺。

但是民俗学课程的开设，似乎是因为民俗学也被看作是文博研究员培养课程的一环。接到“负责入门课程”的请求后，我从与文博研究员相关的角度出发，尝试按照文化财产保护法的规定依次说明民俗文化财产的内容。这就是本书写作结构的起点。

当我试图以“广泛而浅显”的方式传授民俗学内容时，现有的教科书用起来都有种别扭感。民俗学的入门书经历了以下几个阶段：①西欧民俗学概论的译作；②柳田国男的《民间传承论》（1934）、《乡土生活的研究方法》（刀江书院，1935）等概论；③牧田茂的《生活的古典——民俗学入门》（角川书店，1952）等柳田弟子一代所作的概论之后，以宫田登的《民俗学》（放送大学教材，1990）为终结，单一作者撰写的全面性概论就此消失，现在主要是采用分担执笔的论文集形式。[2]

1　2022年4月起与大阪府立大学合并为大阪公立大学。——校者注

2　柳田國男『民間伝承論』（共立社、一九三四「ちくま文庫版全集28」）；柳田國男『郷土生活の研究法』（刀江書院、一九三五）；牧田茂『生活の古典——民俗学入門』（角川書店、一九五二）；宮田登『民俗学』（放送大学教材、一九九〇）。

分担执笔的形式让每一章都成为该领域第一人对某个专业性主题的解说，阅读起来既有趣又富有教益。然而，作为讲义教材，由于过于专业，除了作者本人之外，其他人难以驾驭。或者说，初学者也无法通过自学来把握民俗学的整体概貌。简而言之，这些教材“不好用”。

那么，什么样的入门书才是“好用”的呢？这个问题可能会有各种意见，但我认为应该是将要素限定至最小化的“基础套组”。或者说，它应该是一个可以根据具体情况替换内容、允许自由加工的框架。

关于这一点，我想起一个故事。在研究生时期，我听说过这样一个行业内的说法：“宫田登老师的讲座，无论在哪里，结论都是一样的，只是把使用的资料换成当地的素材而已。”说这话的人带着揶揄的语气，当时的我也有同感。但当自己站在讲台上时，才发现这根本不是应该被嘲笑的事情。我意识到，能够用当地素材改编自己的论述，是一项高级技能，需要广博的知识和灵活的思维才能做到。

虽然我至今仍认为自己做不到这一点，但如果准备一个能够将其实现的框架，对于教授民俗学的人来说，尤其是对初学者来说，应该会“非常好用”。这就是我作为一位对现有入门书不满的民俗学讲师，轻率地写作入门书的原因——同时也是决定以“单一作者”而非“分担执笔”的方式尝试挑战的原因。

因此，我完全知道本书的信息量可能不足，很多内容都未能涉及，因为本书的目的就是展示最基本的框架。当然，由于民俗学的目标之一是将日常琐事与更广阔的社会和历史联系起来，在微观和宏观之间往返，所以我也顾及到要使用尽量简化的具体例证。

然而，单个的例证毕竟只是例证本身，最好是可以替换其他事例，并且有可以替换的空间。虽然在本书的叙述中，“穿”和“劳动”等章节里使用了较为特殊的事例来展开论述，但我并不认为这些是不可替换的。[1]

本书特别注意的另一点是内容要能与生活在21世纪的人们的生活经验产生连结。这意外地困难。这是因为即便说“生活在21世纪的人们”，其生活经验也呈现出相当程度的梯度性差异。关于这一点，在大阪市立大学开设入门课程的经历给了我很大启发。有的学生在新建住宅区长大，对“传统”民俗一无所知；而有的学生则讲述自己因为出生在母亲的“灾年”，为了消灾而被“遗弃”，这样的经历让作为讲师的我大吃一惊，原来这种风俗至今仍然存在啊！此外，由于

1　顺便说明，“穿”和“劳动”这两章分别是对收录于菊地晓编《身体论的建议》(丸善，2005年中的拙文《聚拢胸部的冒险——或身体的政治学》《我曾经是洗碗工——技能与身体》[菊地暁編『身体論のすすめ』(丸善、二〇〇五)「寄せて上げる冒険——あるいは身体のポリティクス」「僕は、昔、皿洗いだった——技能と身体」]进行大幅改写的结果。

大阪市曾被称为“东方的曼彻斯特”，有奄美冲绳或韩国朝鲜血统的学生并不罕见，再加上留学生，学生们的背景不可避免地呈现出多元文化特征。面对这样的学生，我们能讲些什么呢？

毫无疑问，在成型于近世的所谓“传统”的民俗文化方面，日本民俗学积累了最为丰富的研究成果，但如果仅仅照搬介绍这些内容，很难引起像这些学生这样，生活在21世纪的人们的共鸣。正是出于这种考虑，我认为哪怕不够完善也有必要勾勒出从“传统”生活方式经过现代化直至21世纪的现在这一发展轨迹。

因此，从经典民俗学的立场来看，可能会有人质疑“为什么没有这个内容”，同时也会有人疑惑“为什么有这个内容”，这是因为，正如前面反复提到的，本书的预设读者是生活在21世纪的人们。如果有人批评说存在更适当的例证，我会感谢指教。

无论如何，本书是我作为民俗学讲师近20年来的经验与思考的概要（顺便说一句，这也是一个北海道人深受关西生活的震撼，辛苦30多年的亲身观察的成果）。对本书内容的形成起重要作用的是书中仅仅介绍了一小部分的“学生问卷调查”，我要特别感谢历届大阪市立大学、京都大学、龙谷大学的学生们，他们提供的有趣报告让我反省自己的学识不足，同时也要为自己只能以这种程度发挥他们的贡献而道歉。

就这样，勉勉强强一个人尝试写作入门书的冒险或说莽撞之举，也姑且告一段落了。不对，这或许只是在“自掘坟墓”。

因为无论从哪个角度看，都有太多值得指出的问题。我衷心希望对本书感到不满的读者中能有人写出更好的“入门书专著”。如果本书能抛砖引玉，那就足以满足我的愿望了。让我也引用《远野物语》序言中的一句话：“如此书者，盖陈胜吴广耳。”

最后是致谢。回顾来时路，迄今为止读过的所有文献、遇到的所有人都培育了我的学问，应当记载的文献、应当感谢的名字数不胜数，但由于篇幅所限，只能为这种无礼连连道歉了。若仅举两个名字，对于通读本书草稿并在我犹豫不决时推动我前进的重信幸彦先生，我的感激之情难以言表。而在我与重信先生的对话中必然会提到的佐藤健二先生，虽然本书中没有提到他的名字，但这位前辈可以说是对我影响最大的“首位假想读者”（现在就能想象到他笑眯眯地指出问题时的样子）。此外还有许多应当感谢的前辈同仁的面容如走马灯般浮现在脑海中，但请允许我就此从略，并为自己的无礼致歉。

此外，对于因拙文《作为公共领域的新书》(2008)[1]而与我联系的编辑饭田建先生，能在新书这个舞台上合作实属奇缘，对于从最初企划到现在等待了10多年的耐心，我只能深深鞠躬致谢。在此坦白一点，本书没有提及新冠疫情，是因为我认为疫情引发的各种问题本质上是疫情之前就存在的问题的延续。但本书之所以能够写成，是因为疫情导致常规研究活动中断，从而让我下定决心执笔写作的结果。突然转型为网络主播并在线上讲课的艰难经历，也成为了重新审视本书内容的契机。虽然新冠疫情仍在带来诸多灾难，但仅就本书的写作而言，也许是因祸“得福”。这真是因果相生啊。

无论如何，我希望读者能够认真检验本书论述的有效性。此刻，我由衷期盼本书能够传递给生活在21世纪的读者们。

菊地晓

2021年11月13日

1 菊地暁「新書という公共圏」二〇〇八。

图版出处一览

（未标注者均为作者拍摄）

图 0–1　柳田国男研究会编著《柳田国男传》，三一书房，1988 年
（柳田國男研究会編著『柳田國男伝』三一書房，1988 年）
图 0–2　怀德堂纪念会编辑出版《怀德堂的过去与现在》，1979 年
（懐徳堂記念会編・発行『懐徳堂の過去と現在』，1979 年）
图 0–3　《近畿民俗》，近畿民俗出版协会 1936 年
（『近畿民俗』1/5，近畿民俗刊行会，1936 年）

图 1–1　本多胜一文、藤木高岭摄影《新几内亚高地人》，朝日新闻社，1964 年

（本多勝一文・藤木高嶺写真『ニューギニア高地人』朝日新聞社，1964 年）

图 1–4 至图 1–6　菊地晓编《身体论的建议》，丸善，2005 年

（菊地暁編『身体論のすすめ』丸善，2005 年）

图 1–7《生活手帖别册 事到如今还说什么！生活技术 1》，生活手帖社，2004 年

（『暮しの手帖別冊　何をいまさら！生活技術 1』暮しの手帖社，2004 年）

图 1-11、图 1-12　大间知笃三等编《日本民俗学大系 6　生活与民俗 I》，平凡社，1958 年

（大間知篤三他編『日本民俗大系 6　生活と民俗 1』平凡社，1958 年）

图 1-13　作者制作

图 1-14　西山夘三《未来的居住：住居样式谈》，相模书房，1947 年

（西山夘三『これからのすまい—— 住様式の話』相模書房，1947 年）

图 1-15　青木俊也《团地 2DK 的生活：再现昭和 30 年代》，河出书房新社，2001 年

（青木俊也『団地 2DKの暮らし—— 再現・昭和三〇年代』河出書房新社，2001 年）

附图 1　时间序列地形图网站“今昔地图 on the web”（https://ktgis.net/kjmapw/）

（時系列地形図閲覧サイト「今昔マップon the web」）

图 2-4　A. 勒鲁瓦 - 古兰《手势与语言》，荒木亨译，新潮社，1973 年

（A.ルロワ＝グーラン『身ぶりと言葉』荒木亨訳，新潮社，1973 年）

附图 2　作者制作

图 3-1　作者制作

图 3-2　本庄荣治郎《飞驒白川的大家族制度》，《京都法学会杂志》6/3，1911 年

（本庄栄治郎「飛騨白川の大家族制限」『京都法学会雑誌』6/3，1911 年）

图 3-3　有贺喜左卫门《日本的家族》，至文堂，1965 年

（有賀喜左衛門『日本の家族』至文堂，1965 年）

图 3–8　京都市立北白川小学编《北白川儿童风土记》，山口书店，1959 年

（京都市立北白川小学校編『北白川こども風土記』山口書店，1959 年）

图 3–9　*Notes and Queries, no.1,* 1849

图 3–10 《乡土研究》1/1，乡土研究社，1913 年

（『郷土研究』1/1，郷土研究社，1913 年）

附图 3　作者提供

图 4–1　柳田国男《蜗牛考》，岩波文库，1980 年

（柳田國男『蝸牛考』岩波文庫，1980 年）

图 4–2　柳田国男《民间传承论》，共立社，1934 年

（柳田國男『民間伝承論』共立社，1934 年）

译后记

《民俗学入门》一书是2022年1月由位于日本东京都千代田区的百年出版机构岩波书店出版的学术著作。其作者菊地晓（KIKUCHI Akira）系当代日本民俗学界较为活跃的学者。菊地晓先后在北海道立札幌北高等学校、京都大学（文学部史学科）、大阪大学（大学院文学研究科）接受高等教育，2014年获得大阪大学文学博士学位。他从2007年开始在京都大学人文科学研究所任教至今，长期讲授“民俗学”课程。这本《民俗学入门》便是他十余年教学积淀的成果。

菊地晓的民俗学研究主要聚焦于近代日本民俗志实践的综合研究，既体现出源自柳田国男的日本民俗学传统，又有日本近代史学术训练的痕迹。他的博士学位论文《近代日本民俗学的表象政治》便体现了这两种学术背景的融合。从研究方法上来说，菊地晓偏好将“民俗作为现代性产物”来看待，挑战传统民俗学的“客观记录”范式。这种研究取向在《民俗学入门》的序章中也有明确体现。具体而言，菊地晓的研究领域涉及近代日本实地民俗调查学术史、艺术民俗学、历史民俗学、文化遗产与文化资源保护、民俗文化表现形式研究、社区文化档案研究、新京都学派的社会史研究等。

菊地晓曾于2001年出版专著《柳田国男与民俗学的近代——二十世纪的奥能登故事》（吉川弘文馆），2005年出版《身体论的进展》（丸善），2020年与佐藤守弘合著《在学校编织地域：从〈北白川儿童风土记〉谈起》（小さ子社），另有论文篇章著述数十种。他也是日本民俗学会、日本口承文艺学会、日本生活学会、京都民俗学会等学术团体的成员。

《民俗学入门》不同于“罗列式”的概论性著作，体现出以“生活”为“经”，以“知识生产”为“纬”的行文风貌，不失为一部深入浅出的民俗学入门性读本。鉴于其“入门”性质，该书并没有展开深奥的学术理论探讨，而是将民俗学作为一门显学的基本逻辑清晰地呈现出来。该书很大程度上以民俗学的“问题”为导向，避免了被“民俗”一词牵着鼻子走的普遍境况。在该著作出版的时候，中国民俗学界也正在酝酿编写新型“民俗学概论”，区别于老一辈学者编写的略显滞后的入门读本。该书无疑能给中国民俗学同行提供一个样板。

该书翻译的背景缘起于笔者任教的云南大学文学院“民俗学”本科课程和研究生课程所需，也是笔者参与学苑出版社“植字”品牌策划以及参与中国民俗学会新教材编写计划的产物。该书由云南大学国际合作与交流处的王靖宇老师翻译，王靖宇不仅有日本民俗学研究背景，也是资深的日汉译者。笔者负责该书的学术性校译，另由学苑出版社周靖凯老师负责编辑性校译，最终呈现出现在的译本。感谢学苑出版社陈佳老师在选题版权联络和书稿编辑中付出的努力。感谢云南大学文学院民间文学教研室、云南大学神话研究所的支持，感谢云南省兴滇英才支持计划提供的资助。翻译过程过中难免存有疏失，请方家不吝指出。

张多

2025 年端午于昆明